KB267853

서창우 소설집

펭귄 소년

펭귄 소년

초판 1쇄 인쇄   2009년 09월 15일
초판 1쇄 발행   2009년 09월 22일

지은이 | 서창우
펴낸이 | 손형국
펴낸곳 | (주)에세이퍼블리싱
출판등록 | 2004. 12. 1(제315-2008-022호)
주소 | 157-857 서울특별시 강서구 방화3동 822-1 화이트하우스 2층
홈페이지 | www.essay.co.kr
전화번호 | (02)3159-9638~40
팩스 | (02)3159-9637

ISBN 978-89-6023-280-8 43810

이 책의 판권은 지은이와 (주)에세이퍼블리싱에 있습니다.
내용의 일부와 전부를 무단 전재하거나 복제를 금합니다.

서창우 소설집

펭귄 소년

ESSAY

작가의 말

　내가 다니는 고등학교가 중곡동에 있어 학원이나 엄마와 주말에 만나는 집이 있는 대치동에 가자면 한강을 건너게 된다. 뚝섬 유원지역을 벗어나 어두운 굴에서 빠져나간 듯 확 트인 한강 다리에 진입할 때면 나는 항상 하던 일을 멈추고 밖을 보곤 했다. 한강다리를 철거덕거리며 건너는 지하철 안에서 보는 바깥 풍경은 충분히 아름다웠다. 강변을 따라 길게 늘어서 있는 아파트 숲으로 어둠이 깃들기 시작하거나 한낮의 뜨거운 태양으로 한강이 은빛으로 반짝반짝 빛나는 시간에 나는 지하철 안에 있곤 했다.

　한강의 풍경을 지나치면 지하철은 이내 다시 어두운 청담역에 도달하고 나는 지하철역을 빠져 나온다. 어둠과 밝음의 반복. 나는 지난 서울 생활이 이 지하철과 흡사하다고 생각한다.

　고향인 전주를 떠나와 삼 년 가까이 외로운 시간을 겪으며 나는 '나'에 대해서 진지하게 묻게 되었다. 그러면서 언제부터인가 외로움과 고민거리를 글로 쓰게 되었다. 글은 이제 숨을 쉬는 것처럼 일상화 되었고, 나의 존재를 증명하는 것이 되었다.

이 소설집에 등장하는 친구들은 모두 허구이지만 들여다보면 나이기도 하고 내 주변의 아이들이기도 하고 또 대한민국 고등학생들의 모습이기도 하다. 이들은 치열한 경쟁이라는 거대한 틀에 갇혀 자기존재감의 상실이나 타인과의 단절이라는 극심한 고통을 겪고 있다.

인간에게는 자기 자신을 변화시키고 싶은 욕망이 있고 자유롭게 자신의 의사를 결정하고 타인과 관계를 맺고 싶은 욕망이 있다. 나는 인간은 뭔가를 하고 싶다는 욕망이 있어야만 삶이 기쁘고 행복하다고 생각한다. 그런데 우리 친구들은 자기가 누구이고 무엇을 하고 싶고 뭘 좋아하는지도 모른 채 이끄는 대로만 살아가다 보니 기쁨이 없이 시들어가고 있다.

나는 이런 좌절하고 절망하는 많은 친구들에 대해서 쓰고 싶었다. 그들에게 생명의 욕망을 실현할 어떤 기회를 주고 싶었다.

나는 내가 쓰는 글 안에서 인간을 만나고자 고심했지만 인간에 대해서 아직 잘 모르겠다. 세상에 호기심이 많은 고등학생이 그리는 인간에는 한계가 있으리라 생각한다. 생각이 더 단단해지고 경험이 많아지면 인간에 대해서 더 많은 말을 할 수 있으리라 믿는다.

지난 삼 년의 고투를 통해 나는 인간에 대해 회의적으로 변하긴 했지만, 그래도 절망하진 않았기에 참 다행이라고 생각한다. 내가 만난 인간은 시간의 흐름, 다양한 상황에 따라 악해지기도 하고, 선해지기도 하며, 잔인해지기도 하고 한없이 자비로워지기도 하는 존재였다. 서로의 행동을 도저히 예상할 수 없고 종잡을 수 없다는 점 때문에 세상을 살아가면서 많은 괴로움을 겪기도 하지만, 그 때문에 행복해지기도 하는 것 같다. 나는 인간에 대해서 희망을 놓지 않고 계속해서 탐구하고 발견해 나갈 것이다.

이 책을 오늘의 나를 있게 한 존경하는 부모님께 바친다. 내가 어떤 행동을 해도 먼저 이해해 주시고, 사랑해주셔서 감사하다는 말씀을 전하고 싶다.

2009년 9월
서창우

차　례

서창우 소설집

달인 체험기

서창우 소설집

달인 체험기

줄넘기 2단 뛰기를 터득하는 일은 어렵다.

줄넘기 2단 뛰기를 해 본 사람은 누구나 이런 생각을 할 것이다.

팔꿈치를 허리에 붙이고 재빨리 줄을 두 번 돌릴 것. 동시에 발가락에 힘을 주어 높이 뛸 것. 이때 무릎은 펴야 하고 뒤꿈치가 바닥에 닿으면 어김없이 줄에 걸린다.

이게 2단 뛰기의 일반적인 팁이다.

내 경험에 의하면 팁을 알고 있다 해도 몸으로 터득하지 못하면 아무 소용이 없다.

줄에 걸려 한 번을 제대로 넘기지 못하는 건 전혀 감을 잡지 못하는 것이다. 간신히 서너 번 정도 넘지만 번번이 걸리는 것은 줄을 돌리는 속도와 뛰어 오르는 시점이 제대로 맞아 떨어지지 않는 경우다. 그런대로 넘지만 스무 번 정도에서 걸린다면 힘이 부족한 것이고.

타다닥! 타다닥! 타다닥! 타다닥!

줄이 허공을 가르고는 땅에 부딪히는 소리만 사방에 가득 퍼진다.

나는 얼굴이 빨개지도록 힘을 잔뜩 줘 줄을 재빨리 돌리는 동시에 점프한다.

열, 서른, 쉰. 속으로 줄넘기 횟수를 센다.

숨이 거칠어지고 얼굴에 땀이 흘러내린다. 이마의 머리카락이 달라붙는다.

타다닥! 타다닥! 타다닥! 타다닥!

예순 셋, 팔과 다리의 힘이 빠진다. 예순 넷.

'안 돼! 줄에 걸리면 끝장이야!'

나는 리듬이 깨지지 않도록 안간힘을 다한다.

일흔, 일흔 하나, 헉! 헉! 헉! 일흔 둘, 일흔 셋.

이젠 줄이 돌아가는 소리는 사라지고 헐떡이는 내 숨소리만 귀에 가득 찬다.

일흔…… 악!

줄이 발목에 날카롭게 파고든다. 끝.

이렇게 나의 2단 뛰기는 일흔 셋으로 기록되었다. 체육시간 수행평가 결과표에 올라간 공식 기록이다. 동시에 사적으로 기록해 본다면 고통스럽고 떫고 썼던 몸부림으로 내 인생의 한 장에 기록해야 할 것이다.

그러나 진짜 내 속마음은 아무 것도 아니었던 일이었으므로 기록장에 올리고 싶지도 않다. 그건 그냥…… 늦은 봄날에 시작되어 무

더위와 장마가 시작되기 전까지 나를 몰아붙였던 미친 짓에 불과
했으니까.

아무 것도 아닌 일. 그 일은 아직도 가슴 한 쪽을 예리하게 파고
드는 송곳이다. 아직도 몇 날 며칠을 그냥 잠만 자서 다 잊어버리
고 싶은 고통스런 기억이다.

이게 줄넘기 2단 뛰기에 내가 붙여주고 싶은 말이다.

줄넘기 첫째 날

"줄넘기는 예술이야. 그치?"

민영이의 음성이 내 귀를 파고들었다. 여러 여자애들 목소리 사
이에서 민영이의 음성이 또렷이 들려왔다. 내 귀엔 특정 음성만을
수신하는 특수 장치가 있다. 어느 날부터인가 그렇다. 민영이의 음
성만은 민영이가 어디에 있어도, 아무리 작아도 알아들을 수 있게
되었다.

나는 여자애들 무리에서 조금 떨어져서 걷고 있었다. 3교시 체육
시간이 끝나고 교실로 돌아오는 중이었다.

우리는 이번 학기에 줄넘기 2단 뛰기를 시험 봐야 한다.

'줄넘기를 예술로 생각하다니!'

나는 민영이의 예술적 감각에 감탄한다. 민영이라면 어떤 동작이나 글이나 말에서도 아름다움을 발견할 수 있을 것이다.

"너, 줄넘기 못해서 싫어하지 않니?"

민영이의 유일한 친구인 수진이가 물었다.

"못하니까 더 그렇게 보인다니까."

민영이가 대꾸했다. 그렇지. 민영이도 운동은 못한다. 작년 가을 축제 때 보니까 춤도 별로였다. 우리는 인디언 춤을 추었는데 한 달이나 같이 연습했는데도 민영이가 잘 기억나지 않는다. 그때는 민영이가 같은 반도 아니었고 잘 알지 못하는 아이에 불과했을 때이다.

나는 내 줄넘기 실력을 생각해보았다. 줄넘기는 젬병이다. 원래 운동은 한심할 정도로 못한다. 날렵한 몸으로 운동장을 가로지르며 소리 지르고 땀을 흘려대는 애들. 그런 애들을 나는 세상에서 가장 질투한다.

줄넘기는, 굳이 변명을 하자면 나한테 맞는 줄이 없어서 더욱 못한다. 나는 백팔십 센티미터가 넘는 큰 키라서 보통 줄로는 자꾸만 걸린다. 그래서 줄넘기를 할 땐 몸을 구부리고 해야 한다. 혹 스포츠 전문매장에서는 긴 줄을 파는지 모르겠지만 아무튼 내 주변의 줄로는 그렇다.

점심시간이 되어 강모랑 급식실에 갔다.

줄 서 있는 아이들 뒤에 가서 섰다. 오늘의 메뉴는 자장밥이었다.

우리는 급식판을 들고 배식대 앞을 지나며 음식을 받았다. 반복하여 일정량을 급식판에 쏟아 붓는 주방 아주머니들의 손놀림이 재빠르다.

갑자기 민영이의 말이 생각났다. 예술이다.

나는 단무지를 씹으며 생각지도 못한 말을 내뱉고 말았다.

"강모야, 난 줄넘기 달인이 될 거야."

"뭐?"

강모가 자장을 입가에 묻힌 채 얼빵하게 물었다.

"줄넘기! 그거 예술이지 않냐?"

"아, 2단 뛰기? 60번이나 넘어야 A라는데 난 포기할래. 그 시간에 공부하고 말지."

강모가 고개를 저었다.

"체육 수행평가 말고."

"그럼 뭐?"

"진짜 예술의 경지에 도달하겠다니까."

"어제 밤 샜냐?"

강모가 픽 웃으며 콧방귀를 뀌었다.

그래. 난 피곤한 고2다. 인간과 동물의 중간단계 존재로 취급되는 고딩이. 강모 이 녀석, 그렇다고 기이한 행동과 반응을 보이는 생물체가 수면부족 상태에서 한 말로 치부하다니.

"넌 내가 지금 좀비로 보이냐?"

나는 강모의 얼굴 가까이에 대고 화를 냈다.

하긴 강모에겐 돌발적인 내 삶의 목표가 엉뚱할지 모른다.

줄넘기의 달인!

5교시 지리경제 시간에 잠깐 졸며 나는 합리적인 생각에 이르렀다. 내가 갑자기 이런 생각을 한 건 아닐 거고 무의식에 잠겨있던 욕망이 돌출한 것이라고.

7교시가 끝나자 내 결심은 굳건해졌다. 줄넘기의 달인!

그러니까 민영이가 내 인생을 새로운 세상으로 이끈 셈이다.

이제부터 달인이 되기 위한 혹독한 훈련만 남았다.

밤 열한 시가 되었다.

줄넘기를 찾느라 신발장을 여기저기 열어보고 있는데 엄마가 나를 보고 물었다.

"너, 여자 친구 생겼니?"

엄마의 본능적 육감은 정말 못 말린다.

"왜? 꼭 여자 친구가 생겨야 줄넘기 하는 거야?"

내가 볼멘소리로 대꾸했다.

"살 빠지게 해라, 졸음 쫓게 해라, 그렇게 노랠 부를 때는 안하더니 이상하잖니."

하긴 엄마가 이렇게 생각하는 것도 무리가 아니다. 난 운동뿐만 아니라 움직이는 것 자체를 귀찮아하지 않았던가. 내게 이런 고난도의 삶의 목표를 지향하는 일이 일어나다니 기적일 것이다.

나는 구두약을 넣어 두는 서랍장 안에서 줄넘기를 겨우 찾아냈다. 줄넘기는 오래 전에 쓰던 것이라 학교에서 쓰는 줄넘기보다 길이가 더 짧은 것 같았다.

나는 인적이 뜸한 놀이터 구석으로 갔다. 누가 보면 쪽팔릴 것 같아서였다. 나는 누군가가 내가 안간힘을 다하는 모습을 본다는 것이 제일 쪽팔리는 짓이라고 생각한다. 그래서 되도록 공부도 열나게 안하고, 운동도 열나게 안하고 동아리 활동도 열나게 안한다. 죽을 둥 살 둥 안달을 떠는 자식들을 나는 내놓고 무시한다. 그들의 에너지가 맹목적인 돌진과 공격성으로 느껴져 역겹다.

나는 우선 천천히 줄을 돌리며 1단 뛰기를 했다. 오늘은 워밍업 삼아 1단 뛰기만 할 생각이다. 단순한 1단 뛰기야 어렵지 않지. 나는 속도를 조금 내었다. 금방 땀이 쏟아졌다. 헉헉 숨이 차는 것을 꾹 참고 계속해서 뛰었다. 그러자 머리가 어지러워지기 시작했다.

'얼마나 운동을 안 했으면 이럴까.'

갑자기 내 몸뚱이가 혐오스러워졌다. 나는 시소에 털썩 주저앉고 말았다. 이러다 내일 아예 줄넘기를 못하는 일이 생길지도 모른다는 생각이 들었다. 나는 시소에서 일어나 집으로 향했다.

민영이는 화려한 앵무새 같다. 보면 볼수록 빨갛고 파랗고 노란 원색의 색깔들이 독특하게 조합된 새. 민영이는 앵무새만큼이나 눈에 확 띄는데 예쁘기보다는 묘한 매력이 있다. 작은 눈과 부은 눈두덩이 때문인지 민영이는 새침하고 당돌해 보였다.

민영이에겐 뾰족한 턱을 들어 올리고 수업을 듣는 버릇이 있다. 나는 그런 민영이의 옆모습을 훔쳐보는 것을 즐긴다. 아이들이 눈치 채지 않게 힐끗거리는 나를 강모는 비웃지만 나는 아랑곳하지 않는다.

민영이를 좋아한다고 하면 우리 반 아니 우리 학교 아이들 모두가 나를 미쳤다고 할 것이다. 나도 알고 있다. 모두가 민영이를 은근히 따돌리는 이유를. 나는 그 이야기들이 다 사실이 아닐 것이라고 믿는다. 왜냐하면 그건 상식적인 일이 아니기 때문이다. 작은 꼬투리가 눈덩이처럼 불어서 그렇게 되었을 것이다. 아무것도 아닌 일이.

우리가 가까워진 것도 그 소문 때문이었다. 그건 또 내 실수이기도 했다. 내가 실수라고 말하는 것은 민영이가 강모와 자리를 바꿀 때 내가 그냥 묵인했기 때문이다.

새 학기 시작 때부터 나는 같은 동아리에 있는 강모와 짝이었다.

따뜻한 햇볕이 살살 싫어지는 4월 하순 어느 날이었다. 복도 쪽 열에 앉아있던 민영이가 화가 잔뜩 난 얼굴로 와서는 다짜고짜 강모에게 명령했다.

"야! 너, 나랑 바꿔 앉아."

곧 폭발할 것 같은 민영이 태세에 강모는 두말없이 책가방을 챙겨 민영이 자리로 가버렸다. 민영이는 책가방을 교실바닥에 집어던지고는 요란한 소리를 내며 의자에 앉았다. 나 따위는 전혀 상관

없다는 태도였다.

민영이는 책상 위에 얼굴을 묻고 엎드려 버렸다.

무슨 흥미진진한 일이 일어났나 싶어 나는 민영이 자리가 있었던 복도 쪽을 쳐다봤다. 유진이와 혜림이가 얼굴을 맞대고 무슨 말을 속삭이고 있었다. 꽤나 심각한 표정이었다.

수업 시작종이 울렸다.

민영이는 선생님이 들어오시고도 일어나지 않았다.

선생님이 출석부를 펼치고 교실을 둘러봤다. 불안해진 내가 막 민영이의 등을 흔들려는 순간 민영이가 고개를 번쩍 들었다.

민영이가 거만한 눈초리로 나를 쏘아봤다.

'재수 없는 계집애!'

나는 민영이의 무례함과 오만방자함에 불쾌했다.

"볼펜 좀 빌려줘. 검정하고 빨간 거로."

민영이가 나에게 당당히 요구했다. 불안정한 소프라노 목소리였다.

'이거, 왕싸가지네.'

민영이는 사회문화 시간 너내 잠을 잤다. 내가 건넨 볼펜은 책갈 피 사이에 얌전히 놓여있었다. 민영이는 깜빡깜빡 조는 정도가 아 니라 아예 고개를 쳐 박고 잤다. 조금 전에 불같이 화를 낸 사람이 라고는 믿어지지 않았다.

나는 이번에는 민영이를 깨우지 않았다.

저녁 급식 시간이 되어서야 민영이가 정신을 차렸다. 민영이는 무릎 담요를 개서 책상 서랍에 넣고는 내게 말했다.

"저녁 먹으러 가자."

"뭐?"

"저녁 안 먹을 거야? 내가 살게. 밖에 나가서 먹고 오게. 강모한 테도 말해."

우리는 학교 앞에서 택시를 타고 버스로 한 정거장 거리에 있는 샤브샤브 집에 갔다. 학생이 저녁으로 먹기에는 좀 과한 곳이었다.

"고마워. 군말 없이 자리 바꿔줘서."

민영이가 애교 섞인 음성으로 강모에게 말했다.

강모에게 듣기로 민영이와 강모는 영어학원의 동기생이었다. 내가 알고 있는 민영이에 대한 소문의 대부분은 강모에게 들은 것이었다.

"근데 뭣 땜에……."

"화 냈냐구?"

민영이가 강모의 말을 낚아채서 물었다.

"유진이가 짱 나게 하잖아. 혜림이랑 연습장에다 낙서해대고. 나쁜 년들. 난 걔네 하나도 신경 안 써. 상관없어. 그런데도 뒤에서 쑤군대고 비열하게 깝치는 년들은 다 죽어버려야 해."

민영이의 눈이 이글거렸다.

나와 강모는 질려서 서로 슬쩍 한 번 쳐다보았다.

"근데 앞으로 계속 나랑 앉아주면 안 되냐? 난 걔네 정말 싫거든."

민영이가 나를 향해 물었다.

나는 어색한 웃음만 지으며 우물거렸다.

줄넘기 둘째 날

오늘도 열한 시가 다 되어 줄넘기를 들고 놀이터 옆 공터로 갔다.

빠르게 1단 뛰기를 오백 개 한 다음에 2단 뛰기를 시작했다. 줄을 두 번 재빨리 돌리는 것조차 힘들었다. 땅바닥에서 발을 떼고 점프하는 순간 줄을 두 번 돌려야 했는데 줄은 계속 발목만 찰싹찰싹 세게 때렸다. 힘이 빠졌다.

민영이와 나는 짝이 되어버렸다. 결국 강모는 민영이의 강압에 의해 돌아오지 못한 것이다.

나는 서서히 민영이에 대한 소문이 사실인지 궁금해졌다. 뭐랄까 걔는 상대방을 끌어들이는 힘이 있었다. 민영이를 둘러싸고 있는 그것이 무엇인지 나는 호기심이 생기면서도 차츰 나 자신은 혼란스러워졌다.

민영이는 일찍 등교하는 편이었다. 아침 방송을 하는 엄마가 출근하는 길에 민영이를 학교에 데려다주기 때문에 그러는 것 같았다.

"우리 엄만, 김은주 앵커야."

"잘 나가잖아, 야! 부러운데!"

감탄하는 나를 민영이는 비아냥거렸다.

"너까지 그렇게 말하니? 우리 엄만 사실 바보인데 엄청 잘난 체하는 거야."

민영이는 말했다. 목소리가 뾰족했다.

민영이 엄마는 집요하게 캐묻기로 유명한 방송국 앵커이다. 몰아붙이고 냉정하게 자르고 진단하는데 탁월하여 라디오 시사 대담 프로그램을 삼 년이 넘도록 진행하는 걸로 알고 있다. 민영이의 거침없는 태도는 엄마한테 물려받았음이 분명했다.

"와! 반어법은 아닐 테지? 가식으로 찌들은, 병맛, 바보 같은 엄마."

나는 바보 대신 야만인이라고 말하고 싶었지만 수위를 낮춰 말했다. 그렇지 않으면 미친놈으로 취급받을지 모르니까. 난 내가 혐오하는 아이들의 근성을 잘 알고 있으므로 조심하는 편이다. 나는 어쨌든 민영이가 어떤 부류의 애인지 아직 알지 못했다.

나의 부가적인 해석에 민영이의 눈빛이 반짝였다. 나는 엄마를 바보라고 대놓고 말하는 민영이의 가식 없는 태도가 흥미로웠다.

민영이는 턱을 약간 들고 거만하게 대꾸했다.

"흥, 너도 그렇구나. 그래도 네 엄마랑은 많이 다를걸?"

민영이의 표정이 싸늘했다.

우리 엄마랑은 확실히 다를 것이다. 지금 엄마는 부동산 경매서

류를 분석하느라 정신없을 테니까.

민영이는 만날 책상에 엎드려 있었다. 아침자습시간이나 쉬는 시간에는 거의 엎드려 있었다. 어떤 때는 종이 울리든 말든 상관조차 하지 않았다.

하루는 민영이가 배를 움켜쥐고 잔뜩 얼굴을 찌푸린 차 엎드려 있었다. 아픈 것 같았다. 나는 망설이다가 민영이 팔뚝을 흔들었다.

"배 아프냐?"

민영이는 아무 말이 없었다. 나는 조금 더 세게 흔들었다.

"아이 참, 귀찮아. 귀찮으니까 제발 꺼져!"

민영이가 벌떡 상체를 일으키고는 쏘아붙였다.

마치 누군가에게 퍼부으려고 기다리고 있었던 것 같은 기세였다. 제멋대로다. 기분이 좋을 때는 실실 웃고 애교 섞인 말을 걸어오다가도 한순간에 너 따위가 다 뭐냐는 듯 구는 변덕. 어처구니없는 상황. 나는 좀 당황했다.

앞자리 주희가 돌아봤다. 나는 주희를 보기가 민망해 관청을 부렸다. 주희가 민영이의 등짝에 대고 실소를 지었다.

점심시간이 되자마자 민영이는 화장품 파우치를 꺼냈다.

나는 오후 수업의 숙제를 마저 하느라 바빴다. 생각보다 많아 어쩌면 점심을 못 먹을 지도 몰랐다.

민영이는 거울을 들여다보며 열심히 화장을 고치기 시작했다. 점심시간이면 급식실 가기 전에 으레 하는 일이다. 몰래 화장을 하고 다니는 여자애들은 많지만 이렇게 드러내놓고 화장을 하는 애는 없다.

나는 슬쩍 민영이를 훔쳐보았다. 꽤 예쁘다. 긴 머리카락 사이로 구슬 모양의 귀걸이가 살짝 보였다. 평소 긴 머리로 가리고 있어 선생님들 검사에 걸리지도 않는다.

민영이는 브러시로 얼굴을 가볍게 쓸고 있다. 뭐가 달라졌나? 별로 달라진 게 없는 것 같은데. 여자애들을 알 수 없다.

민영이는 거울로 얼굴을 이리저리 비춰본 후 파우치를 닫고는 일어선다.

"야! 점심 안 먹냐?"

아까 나한테 화냈던 걸 이미 까먹은 표정이었다.

"못 끝냈잖아."

별로 화가 나지 않았는데도 필요이상으로 퉁명스럽게 말이 나와 버렸다. 나는 내 말투가 마음에 안 든다.

"그래? 난, 간다."

민영이는 처음부터 내 응답에는 관심이 없었던 듯 내 말이 다 떨어지기도 전에 몸을 돌려 가버렸다.

'……'

무시당한 것 같았다. 애가 원래 좀 이렇지만 그래도 안중에도 없다는 그 태도가 마음에 걸렸다. 어쩐지 아까 민영이가 화를 냈을 때보다도 기분이 상했다. 나는 숙제를 멈추고 민영이 책상 위에 놓여있는 보라색 볼펜만 뚫어지게 보았다.

결국 숙제 때문에 점심을 못 먹고 말았다. 혼자 급식실에 가기는 싫은데 배가 고플 것 같아 매점에서 카스테라와 우유를 사가지고 나왔다. 나는 비교적 한적한 학교 운동장 가에 있는 북쪽 벤치로 갔다. 거기엔 뜻밖에 민영이가 앉아 있었다. 민영이는 울었는지 눈이 빨개서 나를 보았다.

"무슨 일 있어?"

"아무 일도."

"정말? 좀 줄까?"

내가 카스텔라 봉지를 뜯으며 물었다.

민영이가 고개를 저었다.

"배가 부르면 기분이 좀 좋아질 텐데?"

"그건 너나 그렇지."

민영이가 시무룩해 말했다.

"맞아. 아무 생각 없이 맛있는 거 먹고, 자는 거 좋아해."

"아닌 거 같은데."

"그럼 네 눈에는 내가 어떻게 보이는데?"

"이상한 놈."

"왜?"

"네 웃음이 그래. 너 언제부터 그렇게 웃고 다니니?"

"내 웃음이 어때서?"

"이를 드러내면서 씩 웃는 거. 그때 네 표정이 웃음이라기보다는 비명으로 보이니까."

나는 정곡을 찔렸다는 생각에 순간적으로 빵을 씹다가 멈춰버렸다.

"그럼 비명 지르는 놈이네."

나는 농담처럼 받아쳤다. 다시 빵을 우물대고 씹었지만 갑자기 맛을 느낄 수 없었다.

"아냐. 절망하는 놈. 아픈 놈. 슬픈 놈. 허무한 놈 다 돼. 골라잡아."

나는 씁쓸했다. 벌떡 일어나 쓰레기통에 먹다 남은 빵조각을 버렸다.

"잘난 체 하지 마. 왜 울었냐?"

"……."

"또 누가 비열하게 깝쳤어?"

"네가 가서 때려 주려고? 내 생각이 맞았어. 난 어쩐지 전부터 네가 그렇게 해줄 것 같더라."

"미안하지만 난 니 해결사가 되고 싶은 생각 하나도 없어. 먼저 간다."

손을 들어 보이고 나는 운동장을 가로질러 교실로 돌아왔다.

내가 누군가에게 절망적으로 보였다는 게 나는 정말 싫었다. 그래도 난, 나를 사랑하려고 무척 애를 쓰고 있는데……. 그래도 난, 기를 쓰고 학교에 나오고 숨을 쉬려 애쓰고 있는데……. 나는 우울해졌다.

수업을 알리는 종이 울렸다. 민영이는 들어오지 않았다. 국사 선생님이 출석부에 민영이의 부재를 기록했다. 나는 수업시간 내내 민영이를 기다렸지만 들어오지 않았다.

기분이 좋지 않아서인지 점심시간에 먹은 빵이 체한 것처럼 속이 답답하고 배가 아팠다. 수업 종료 종이 울리자마자 나는 아이들이 북적대는 화장실을 피해 교사용 화장실로 뛰어갔다. 교사용 화장실은 학생들의 사용이 금지되어 있지만 급할 때는 가끔씩 이용해 왔다. 나는 돌진해 들어가 화장실 문을 두드리는 것도 잊은 채 문을 벌컥 열었다.

누군가 스커트와 바지 교복 차림의 두 사람이 껴안고 있다가 급히 떨어졌다. 키스를 하고 있었음이 분명했다. 둘은 깜짝 놀라 나를 봤다.

민영이와 재준이었다.

"어!"

역시 놀란 내 입에서 짧은 탄성이 나왔다.

민영이와 눈이 마주쳤다. 아주 짧은 시간이었다. 민영이는 조금도 부끄러워하는 기색이 없이 당당하게, 아니 공격적이기까지 한 눈빛으로 나를 봤다.

둘은 후다닥 나가버렸다.

나는 볼일 보는 것도 잊은 채 멍하니 화장실에 서 있었다. 배가

아픈 것도 사라져 버렸다. 수업 시작종이 울리는 것도 들리지 않았
다. 화장실 세면대 위에 붙은 거울에 우울한 내 얼굴이 비쳤다.

　벤치에 앉아서 울다가 수업을 빼먹고는 화장실에서 키스나 하고
있는 민영이라는 아이를 이해할 수 없었다. 한 시간 동안이나 민영
이를 걱정하고 기다린 내가 바보 같아 수치스러워졌다. 동시에 민
영이에 대한 소문이 사실일지 모른다! 는 생각이 내 머리에 터질 듯
이 꽉 찼다.

줄넘기 다섯째 날

겨우 한 개는 넘었는데 바로 이어 두 개 째로 연결이 되지 않는다.
다시! 다시! 다시!
줄이 발목에 달려들어 때린다. 계속 반복해서 하느라 발바닥만
아프다.
웬일인지 짜증이 자꾸 난다.
마음대로 넘지는 못하지, 끈적끈적한 땀은 흘러내리지…….
문득 되지도 않는 일에 왜 이렇게 매달리나 하는 생각이 든다.
나는 시소 위에 털썩 앉아버렸다. 새삼 매일 열시 반까지 학교에
서 무언가를 외우고 공부하는 내 삶이 단조롭기 짝이 없고 지루하

게 느껴진다. 난 답답하고 외롭다.

아침에 등교하니 민영이가 책상에 엎드려 있었다. 배를 움켜 쥔 것으로 보아 아픈 모양이었다.

화장실에서 봤던 민영이의 눈빛이 다시 머릿속을 어지럽혔다.

나는 민영이를 무시하고 집에서 가져온 신문을 읽기 시작했다. 우리나라 대통령이 유럽 어느 나라의 총리와 활짝 웃는 사진이 1면에 크게 실려 있다. 무역협정을 맺으면 어떤 점이 유리하고 불리할 것인가 뭐 그런 내용들인 것 같은데 하나도 머리에 들어오지 않았다.

엎드려 가늘게 숨을 쉬고 있는 민영이의 얇은 어깨가 자꾸 신경 쓰였다.

'애가 나랑 무슨 상관이란 말이야?'

나는 화장실 사건에 사로잡힌 마음을 벗어나기 위해 집중하기 쉬운 문화면 쪽으로 소리 나게 신문을 넘겼다.

민영이는 여전히 배에 손을 대고 꼼짝도 안했다.

책상 위에 놓여있던 민영이의 핸드폰이 부르르 떨었다. 나는 슬쩍 핸드폰을 훔쳐보았다. 화면에 '승록 오빠' 라는 문자가 떠올라 있었다. 핸드폰이 몇 번 더 떨고 나서 민영이는 손을 뻗어 폴더를 젖혔다.

응, 아니, 싫어, 걱정 안 해. 내가 왜 해.

민영이는 힘없이 대꾸하고는 핸드폰을 쥔 채로 책상에 다시 엎드려버렸다. 가는 손목이 더욱 가늘어보였다.

그때 재준이가 성큼성큼 자리로 왔다. 재준이는 엎드려 있는 민영이를 보더니 나를 슬쩍 살폈다. 계면쩍은 표정이 역력했다. 호리호리한 키에 예쁘장한 얼굴. 민영이는 이런 스타일을 좋아하는가 보다. 나는 새삼 재준이가 다시 보였다.

공부나 교우관계나 크게 흠잡을 데 없지만 죽어가는 나무처럼 생명력이 없는 자식. 어른들의 이기심과 위선을 아무 생각 없이 따라가는 적당한 비열함. 그런 것들을 세련되게 포장하는데 많은 에너지를 쓰는 자식. 나는 재준이를 그런 부류의 놈으로 생각해왔다. 그런데 지금 나는 재준이가 부럽다.

여태 내가 역겨워했던 것들이 이렇게 쉽게 아무 것도 아닌 것으로 변할 수가 있다니……. 민영이가 나를 가지고 노는 것 같은 느낌이 들었다. 분명 나를 무시하고 조롱하고 있는 거야. 하는 생각에 얼굴로 피가 확 솟구쳤다.

나는 자리에서 벌떡 일어나 교실을 나와 버렸다. 나와서 복도 유리창으로 보니 내 자리에 재준이가 앉아 있었다. 재준이는 얼굴을 민영이 얼굴에 바짝 붙이고 있어 둘이 마주본 채 책상에 엎드려 있는 것 같았다.

나는 복도 유리창 아래 벽을 발로 세게 걷어찼다. 단단한 콘크리트 벽이 둔중한 아픔으로 내 발에 보복을 해 왔다.

민영이의 승록 오빠와 재준이를 떠올리며 나는 학교 매점으로 갔다. 속이 쓰려 우유를 샀다. 우유를 다 마신 후 나는 바나나우유를 하나 더 샀다.

따지고 보면 나는 뭐 그저 그런 놈 아닌가. 뭐든지 어중간하게 하는 평범하기 짝이 없는 놈. 나는 엄친아도 아닐뿐더러 불의를 보면 참지 못해 달려드는 통에 장차 학교와 나라를 구할 영웅의 싹수도 없다. 그저 어정쩡하게 서서, 수단과 방법을 가리지 않고 고지를 향해 기어오르는 놈들의 동물적 본능에 침을 뱉고 있을 뿐이다.

나는 방향감각을 잃고 허둥대는 한 마리 개미다. 날기만 하면 유토피아가 될 꿀과 꽃향기로 가득한 들판에서 어디로 기어가야 할지 몰라 몸만 움찔거리고 있는 개미. 사방에 널린 돌멩이와 잡초와 구덩이들에 질려 개미는 그 자리에 붙박여 있다. 엄마 말대로 엉망진창인 것이다.

그런데 어떻게 개미더러 '날아라' 하냐고. 제기랄! 나는 내가 한심해져 방금 마신 우유를 토할 것 같이 속이 뒤틀렸다.

수업종이 울려 교실로 돌아왔다. 재준이는 가고 없다. 민영이는 아직 그러고 있다. 나는 민영이의 등을 검지로 꾹 찔렀다. 민영이가 고개를 들었다. 나는 우유를 건넸다.

"먹어. 속이 쓰려 그러는 거 아니야?"

민영이가 우유를 받았다.

"배가 아프기도 하고 고프기도 했어."

민영이는 빨대를 꽂아 단숨에 먹어치웠다.

"나, 바나나우유 좋아하는데."

민영이가 배시시 웃었다. 좀 창백하고 피곤해 보이는 얼굴이었다.

"그럴 줄 알았어."

"왜?"

"넌 사탕 가지고 다니잖아. 그래서 단 걸 좋아할 거라 생각한 거야."

민영이가 고개를 숙였다. 선생님이 들어오셨다. 민영이가 재빨리 말했다.

"오늘 학교 수업 끝나고 잠시 얘기할 시간 있니?"

이토록 학교 수업이 끝나기를 기다려본 적이 있었을까. 수업시간 내내 나는 안달이 나서 하나도 집중할 수가 없었다.

야간자습 시간을 빼먹고 우리는 학교를 나왔다. 지하철을 탔다. 어디서 내릴까 생각하다 조금 멀리와 강남역까지 와 버렸다. 학교를 벗어나자 민영이는 기분이 좋아졌는지 생기가 돌았다.

"너 혹시 학교병 있냐?"

"……."

"학교에만 가면 머리 아프고 배 아프고 졸리고 기운 없어지는 병."

"네가 만든 말이지? 완전 잘 맞춘다. 너, 의사해도 되겠다."

"의사는 무슨 의사. 환자니까 잘 맞추는 거지."

둘이서 낄낄거리다 보니 마음이 편안해졌다. 민영이가 샌드위치 가게로 이끌었다.

“죽고 싶어.”

의자에 앉자, 민영이가 우울하게 말했다. 좁은 미간을 찡그리니까 신경질적으로 보였다.

“배신당해 봤니? 난 여자한테도 남자한테도 다 배신당했어.”

“어떤 여자, 어떤 남자?”

내가 가볍게 내뱉었다. 터질 것 같은 감정을 억제하는데 꽤 성공했다고 여겨지는 음성이어서 스스로 놀랄 지경이었다.

“흥! 난 네 흥밋거린 되고 싶지 않아.”

민영이가 싸늘해진 음성으로 쏘아붙였다.

나는 자세를 고쳐 앉았다. 민영이의 생각처럼 나는 맹세크 호기심으로 민영이의 남자를 알고 싶은 게 아니었다. 나는 오히려 민영이에 대해 모든 것을 알 수만 있다면 무슨 짓이든 하고 싶을 정드다.

그런데 민영이의 의도는 뭘까. 아무도 믿을 수 없어 죽고 싶다면서 굳이 나를 여기까지 끌고 온 건. 더구나 나한테 잘난 체 하는 이유는 뭐냐고.

“미안해. 그럼 죽어버려.”

내가 무슨 말이냐고 펄쩍 뛸 줄 알았는데 기대와는 전혀 다른 말을 해서인지 민영이가 내 눈을 응시하더니 풀이 죽은 목소리로 말했다.

“근데, 무서워서 못 죽겠어.”

나는 그만 실소를 하고 말았다. 도대체 코미디를 하는 거야. 그렇게 보지 않았는데 골이 빈 거야.

"너, 정말로 죽으려고 하면 무서워 못 죽어. 자살하는 사람 중에 맨 정신으로 죽은 사람은 아무도 없을 걸."

민영이가 발끈해서 빠르게 말했다.

"원조교제 했다고 조사받고 있어."

민영이가 망설이다가 한참 만에 다시 말했다.

"원조교제? 누가? 네가?"

민영이가 고개를 끄덕였다.

"오빠가, 이름이 승록오빠야. 지금 경찰조사를 받고 있대. 오빠는 경찰에 내 말은 안했지만 나한테도 조사가 들어올지 모른다는 거야."

승록 오빠라는 사람은 의대 졸업반이고 교회에서 만났다고 했다.

"오빠가 인터넷 채팅으로 만난 여자애가 있었는데 그 미친년이 대학생이라고 하니까 대학생인줄 알았다는 거야. 근데 걔가 원조교제로 걸려서 조사받다가 오빠까지 걸린 거야. 걘 중딩이야."

그럼 민영이와 그 중딩이가 승록오빠라는 놈과 섹스를 했다는 얘기. 머리를 쇠망치로 맞은 것 같은 충격이었다. 정신을 잃을 정도였다. 나는 말을 잃고 말았다. 둘이 다 말없이 앉아있었다.

내가 먼저 입을 뗐다. 좀 잔인해지고 싶었다.

"너, 돈 받았냐?"

민영이의 표정이 일그러졌다. 민영이를 조롱하고 싶은 난폭성에.

제어하지 못할 정도로 터져 나오는 분노에 몸이 떨렸다.

"돈 받았냐고? 안 받았지? 그럼 원조교제는 아닌 거잖아. 설마 경찰이 학교에 신고해서 너 뽀록내겠냐?"

목소리가 지나치게 빠르고, 크다는 것도 잊은 채 나는 지껄였다.

"학교나 집에서 아는 건 상관없어. 그따위엔 관심도 없어. 난 승록오빠가, 배신했다는 사실이 믿기지 않고 정말 가슴이 아프다구."

민영이는 천천히 신음하듯이 말했다. 가슴 깊은 곳에서 번져 나오는 고통의 소리였다.

"배신, 맞아. 그런데 배신이 아닌지도 몰라."

민영이는 이해할 수 없다는 얼굴이었다.

"이건 너를 괴롭히는 말이겠지만 나는 네가 현실을 직시해야 한다고 생각해. 그 사람은 처음부터 널 그 중딩이와 다를 바 없이 생각했는……."

내 말이 다 끝나기도 전에 민영이가 샌드위치 한 조각을 내 얼굴에 던졌다. 민영이는 머리끝까지 화가 나서 쏘아붙였다.

"내가 그 거지같은 중딩이년하고 똑같다는 거야?"

나의 잔인성이 폭발했다.

"그럼 너는 그 사람을 어떻게 생각했는데? 재준이는 또 뭐냐?"

민영이가 눈을 커다랗게 떴다. 화장실에서 우연히 마주쳤던 일에 대해 우린 서로 모른 채 하고 있던 터라 어떤 묵계가 깨지는 순간이었다.

"난 네가 나를 비난하지 않을 거라는 확신이 있었어. 그래서 너랑 이렇게 온 거고. 넌 다르다고 생각했으니까. 너도 똑같구나."

민영이가 쏘아붙였다.

"승록오빠라는 사람은 네가 그냥 쉬웠던 거야. 야, 대학생이 고등학생을 상대한다는 게 말이 되냐? 여대생들이 주변에 널렸는데 왜 너랑 만나고 있겠어. 또 그 중딩이를 인터넷 채팅으로 만난 것도 그렇고. 그 사람은 배신의 개념이 없었어. 너도 그래. 너도 그 사람 만나면서 재준이 만났잖아. 뭐야? 그 사람이나 너나 같아. 따라서 너는 배신당하지 않았어."

"됐어."

"이런데도 자살하는 건 바보짓이야. 난 너를 비난하려는 게 아니야."

그때 민영이에 대해 잘 알지 못했으므로 함부로 그렇게 말할 수 있었던 게 아닌가 싶다. 나는 가장 이성적인 방식으로 민영이를 설득하려 했지만 그건 정말 무모한 짓이었다.

민영이는 말대로 학교를 그만 두지도, 가출을 하지도 않았다. 물론 자살도 하지 않았다. 승록오빠라는 사람의 원조교제 문제는 조용히 해결되었다. 그는 의사고시를 보아야 하는 졸업반이었다. 사법부는 전도양양한 한 젊은이의 일생을 망치게 할 수 없다는 결론을 내렸다. 그는 처벌받지 않았고 민영이는 배신을 때린 그와 관계를 끊었다.

줄넘기 일곱째 날

나는 이제 줄이 발에 걸리지 않고 거푸 대여섯 번을 할 수 있다.

타다닥! 타다닥! 타다닥! 타다닥! 타다닥! 타다닥!

내 몸이 마침내 줄이 만들어 내는 시간을 이해하기 시작했다. 줄이 만들어내는 시간에서 리듬이 생긴다는 것을 알아낸 것이다. 그건 신비한 경험이었다. 난 몸으로 하는 운동이나 춤에서 그 어떤 것을 느끼고 즐겨본 적이 없었기에 '신비한' 이란 찬사를 쓰고 싶다.

누군가를 이해한다는 것도 이처럼 자신만의 특별한 경험을 통해서 가능하다는 것을 나는 알았다. 그것은 고통스러우면서도 동시에 행복한 경험이었다.

원조교제 사건 이후, 민영이는 핸드폰 문자를 폭풍처럼 내게 쏟아 부었다. 왜 그러는지 이유를 알 수 없었다. 더구나 그 내용은 더욱 더 알 수 없었다. 그건 대부분 나를 미치게 만드는 내용들이었다. 그런데도 나는 답을 꼬박꼬박 보냈다.

이번에는 마술 동아리의 짱인 놈이 민영이의 상대가 되었다.

주말에 인사동으로 놀러가기로 했음.

나도 끼워줘.

애교 부림? 어림없음.

종현이 자식 공개수배 된 놈. 모름?

???

토막살인 했음. 가을축제 마술공연에서.

미쳤음? 수준이 그 정도면 벌써 돈 벌어오라 내보냄.

니가 종현이 주인임?

나는 민영이가 또 다른 놈을 만나는 게 너무 실망스러웠다.

제발 그러지 마! 비명이라도 지르고 싶었지만 민영이 앞에서는 담담하게 행동했다. 내가 난리를 치면 민영이가 어디론가 도망을 가버릴 것 같은 두려움이 일었다.

더구나 민영이가 꿈에 나타나기 시작했다. 민영이가 내 삶에 깊숙이 개입되는 게 분명했다.

밖에서 훤히 보이는 유리로 된 건물이 있다. 그 안에는 수많은 남자들이 바글거린다. 민영이는 건물 밖에서 몇 시간이고 아이쇼핑을 한다. 마침내 마음에 드는 한 남자를 발견하자 문을 열고 남자를 끄집어낸다. 민영이는 남자의 팔목에 수천, 수만의 빛을 반사해내는 크리스털 팔찌를 채운다. 민영이가 말한다. 기묘한 기계음 소리다. 난 내가 누구인지 알고 싶어. 도와줘. 민영이의 음성이 도와줘 하는 부분에서 흐느낀다. 아, 민영이가 우는구나. 하는 생각이 들자 가슴이 찔린 듯이 아파온다. 그때 갑자기 남자가 어디론가 사라져 버리고 엉뚱하게 내 손에 크리스털 팔찌가 채워져 있다. 다시 민영이가 흐느껴 운다. 믿을 수 있는 사람이 아무도 없어. 도와줘. 도와줘.

나는 소스라치게 놀라 깨어난다. 꿈이다. 어둠 속에서 왼쪽 손목을 더듬어본다. 꿈이 현실처럼 생생하다. 나는 침대에서 일어나 앉았다. 책상 위에는 스탠드가 그대로 켜져 펼쳐진 책을 비추고 있다. 침대머리의 전자시계가 4:57에 깜박이고 있다. 핸드폰 폴더를 젖히고 문자판을 두드렸다.

꿈을 꾸었음. 주제가 노예인 악몽이었음.

나는 민영이에게 문자를 전송하는 확인버튼을 누르고 침대 위에 던져버렸다.

두통이 묵직하게 머리를 내리 눌렀다.

학교로 데려다 주는 차 안에서 엄마가 잔소리를 시작했다. 자투리 시간 어쩌고저쩌고 하며, 졸고 있는 나를 닦았다. 나는 끝까지 '잠을 설쳤거든요' 라는 답변을 삼켜버리고 죽은 듯이 있었다.

엄마는 누군가와 부지런히 핸드폰을 하고 있다. 한 손으로 전화하면서도 운전도 매끄럽게 잘한다. 성남 모란시장 어느 귀퉁이에 붙은 빌딩 경매 물건을 낙찰 받았는데 그 건물의 임대상인들을 내쫓으려나 보다. 엄마는 이미 그런 일에 익숙해서 용의주도하게 처리하는 프로이다.

차에서 내리려는 나를, 엄마는 얼굴을 약간 찡그리고는 답답한지 한숨을 쉬며 보았다.

나는 고개를 이리저리 젖혔다. 몸은 찌뿌드드하고 머리는 묵직했다.

"머리 아프니? 타이레놀이 어디 있을 텐데."

엄마가 핸드백을 열고 부스럭거렸다.

우리 차 뒤로 시커먼 차가 들어서고 있었다.

'빨리 차나 빼지.'

나는 차 유리문이 내려지고 '여기 있다.' 하는 소리를 듣고도 모르는 척 발걸음을 내딛었다.

조금 걷다 뒤돌아보니 엄마 차는 없고 시커먼 차에서 막 종현이 녀석이 내리고 있었다.

'겉멋만 잔뜩 든 새끼. 아. 골 때려.'

머리가 더 아프다. 나는 새벽에 일어나 몸이 무겁기도 하고 머리도 아파 천천히 학교 계단을 올랐다.

민영이는 1교시 수업이 다 끝나갈 때에야 학교에 왔다. 늦었는데도 민영이는 교실 문을 당당히 열고 들어와 제자리에 앉았다. 나는 비로소 마음이 놓였다. 내심 민영이가 수업을 제쳐버리는 줄 알았다. 어떤 놈하고 어디로 날라버릴 것 같은 게 민영이이기 때문이다.

"늦잠 잤어."

내가 늦은 이유를 묻자 민영이가 간단히 대답했다.

"오늘, 너네 엄마 방송 없는 날이야?"

"방송하던데. 택시 안에서 들으니까."

"뭔 소리야?"

"뭔 소리긴. 엄마가 간밤에 외박했다는 얘기지."

야간자습을 빼먹고 민영이와 나는 강남역으로 나왔다. 저번에 갔던 샌드위치 가게로 갔다.

"내가 말했지? 여자에게도 남자에게도 배신당해서 죽고 싶다는."

"아직 그래?"

"아니. 복수를 해야 할 것 같아서 미뤘어."

"누군데?"

"내 부탁 하나 들어줄래?"

"……."

"어디라도 나를 따라 가 줄래? 복수하러 갈 건데."

"지옥은 아니겠지?"

"나한테는 지옥이더라도 너랑은 아무 상관없잖아."

"쪼냐? 너도 무서운 게 있어?"

내가 민영이를 놀렸다. 민영이는 무언가 자기 생각에 빠져 대답이 없었다.

민영이가 불쑥 일어섰다.

"가자."

"지금, 당장?"

우리는 지하철 2호선을 탄 후 영등포역에서 5호선으로 갈아타고 여의도에 도착했다. 민영이는 말없이 앞장서 걸었다. 우리가 도착한 곳은 방송국 앞이었다. 민영이는 방송국 건물을 긴장된 표정으로 올려다봤다.

근처 커피점에서 민영이가 어디론가 전화를 했다.

“한 시간이나 기다리래. 잘 됐다. 그 사이에 설명할게.”

주문한 냉커피가 나왔다. 내가 잽싸게 일어나 가져왔다. 민영이는 여느 때의 민영이와는 다르게 초조해 보였다.

“나를 배신한 여자는 바로 우리 엄마야.”

나는 커피를 한 모금 삼키고 있던 참이라 사레가 들고 말았다. 연방 터져 나오는 기침을 진정시키느라 시간이 한참 걸렸다.

“지금 내가 만나기로 한 사람은 우리 엄마가 사귀고 있는 남자야. 엄마가 아빠랑 이혼한 이유도, 어제 외박한 이유도 다 이 남자 때문이야. 아참, 우리 부모님은 내가 중학교 1학년 때 이혼했어. 아빠는 재혼했고, 서해안 바닷가에 살아. 아빠도 나를 배신하고 떠난 남자 중 하나야. 나만 버려두고 혼자서 탈출해버렸으니까.”

나는 숨쉬기가 겨우 편해져서 다시 커피를 한 모금 마셨다.

“너, 남상태 앵커 알지?”

나는 고개를 끄덕였다. 그는 9시 뉴스를 오래 진행했었다.

“지금은 보도국장이야. 우리 엄마가 방송국 입사했을 때 이 남자랑 만났대. 각자 다른 사람이랑 결혼을 했는데 엄마는 결국 이혼했고, 남자는 아직 아니야. 근데 툭하면 외박이야. 그럴 때마다 내가 얼마나 도는지 알아?”

민영이의 얼굴에 싸늘한 분노가 스쳐갔다.

“넌 바로 이 옆 테이블에 앉아있어. 그리고 그 남자가 오면 계속 째려봐야 해. 그렇게 못하겠으면 흘깃거리기라도 해야 돼. 알았지?”

넌 중요한 역할이야. 두 사람에 대한 복수극에서 절대 빠져서는 안
되는. 부탁이야.”

“알겠어. 근데 시나리오는 있는 거야? 복수극이라며.”

“지금 머릿속으로 계속 정리하고 있어.”

민영이가 크게 숨을 내쉬었다. 전장에 나서는 병사처럼 민영이는
바짝 긴장돼 보였다.

한 시간이 지나도 그는 나타나지 않았다. 민영이가 전화했다. 몇
마디의 대화가 오가고 민영이는 얼굴색이 변하여 급히 끊어버렸다.

“빨리 나가자!”

민영이가 내 팔을 끌었다.

“뛰어!”

민영이가 지하철역 쪽으로 앞서 뛰었다. 나는 영문도 모르고 따
라 뛰었다. 민영이가 뒤를 돌아보며 계속 힘껏 뛰었다. 나도 뒤를
돌아보았다. 아무도 따라오는 사람은 없었다.

지하철역 계단을 거 내려가서야 민영이는 멈췄다. 숨을 헉헉 내
쉬다 고개를 들었다. 눈물로 얼굴이 범벅이었다. 민영이의 빨개진
눈에서는 계속 눈물이 흘러내렸다.

“날 잡으러 사람을 보냈다는 거야. 엄마한테 보내려고. 아악! 나
쁜 자식!”

민영이가 발을 굴렀다.

줄넘기 열째 날

스무 번 정도는 무난하게 2단 뛰기를 할 수 있게 되었다.

타다닥! 타다닥! 타다닥! 타다닥! 타다닥! 타다닥! 타다닥! 타다닥! 타다닥!

몸이 리듬을 생생하게 느낀다. 리듬의 파도를 탈 수 있는 감각이 생겨, 그것이 내 몸의 구석구석까지 퍼져나간다.

난 살아있다. 내가 나를 솟구치게 하거나 떨어지게도 한다. 전율이 인다. 피가 새로 채워지고 심장이 다르게 뛴다.

나는 초등학교 삼학년 때에야 운동화 신발 끈을 묶을 수 있었다. 그전의 내 삶은 신발 끈 따위는 하나도 중요하지 않았다. 굳이 내가 묶을 필요도 없었다. 나는 주로 벨크로가 붙은 신발을 신었고, 간혹 끈이 있는 신발을 신어야 할 때면 엄마가 묶어주고 풀어주고 했으니까.

우리가족이 미국에서 잠시 살게 되었을 때, 나는 매일 체육수업을 했다. 미국 애들이 운동화를 신고 다녔으므로 나도 끈 달린 운동화를 신었다. 신발 끈은 내게 중요해졌다. 풀린 신발 끈은 나를 바보로 만들 수 있다는 사실을 처음으로 깨달았다.

주말 어느 날 끈을 묶는 연습을 했다. 끈을 먼저 서로 엇갈려 묶은 후 한쪽 끈에서 고리를 만들어 붙들고 있다가 다른 한쪽으로 그 고리를 감아 서로 묶어주는 일은 쉽지 않았다. 번번이 한쪽 끈 길이가 너무 길거나 고리가 너무 컸고 간신히 묶었는데 그냥 스르르 풀려버렸다. 그렇게 한 시간을 거의 채우고서야 끈의 길이를 적당히 조절해 묶어낼 수 있었다.

'야!'

나도 모르게 탄성이 터져 나왔다. 자랑스러움으로 심장이 터지는 줄 알았다. 이 세상에서 가장 근사한 신발끈이었다. 더 어렸을 때 아파트 잔디밭에서 엄청나게 큰 바구미를 발견하고 지르던 고함과 같은 소리가 뿜어져 나왔다. 그 후 하찮았던 신발 끈은 나에게는 숨겨진 중요한 훈장이 되었다.

신발 끈 이후로 고함을 지를 수 있는 사건은 일어나지 않았다.

나는 점점 무감각한 개미가 되어가는 느낌에 빠져들었다. 시험과 학원과 학교와 엄마의 잔소리 코스로만 기어 다니는 개미. 모든 사물과 생물들마저 정지되어 브였다. 난 기어 다니지만 정지된 느낌으로 피가 굳어버린 한 마리의 개미였다. 그래서 닥치는 대로 조소하고 불평한 것일까? 걸핏하면 화를 내고 멍청하게 굴었을까? 핏대를 올리며 불평거리를 보조해줄 여러 근거를 찾으면서?

하지만 지금, 나는 가슴이 두근거린다. 정말이다. 줄넘기가 어디론가 억제할 수 없는 힘으로 나를 끌고 온 것이다. 이처럼 가슴이 두근거릴 수 있다니 상상할 수 없는 일이다.

민영이는 여의도에 갔다 온 날 밤, 엄마와 대판 싸웠다고 했다.

"네 상상을 넘은 엄청난 싸움이었어."

민영이가 엄마에게 대들며 악을 썼다고 했다.

"난 엄마를 믿을 수 없어. 엄마가 오늘밤 집에 들어올지 안 올지도 모르겠고, 내가 엄마 딸인지 어쩐지도 모르겠어. 우리 모녀는 구제불능이야."

민영이의 공허한 눈빛이 내게 와 닿았다.

"엄마는 그 사람을 사랑하는 거야. 정말 사랑하는 거라고. 그런데도 불행한가봐. 엄마에겐 아무도 보이지 않는 것 같아. 심지어 나도. 너무 불행해서 그럴까?"

나에게는 민영이의 말이 '나는 정말 불행한가봐.' 라고 들렸다. 복수하겠다는 민영이는 어디론가 사라지고 없었다. 가슴이 아팠다.

"넌 아빠도 있잖아."

"내가 저번에 얘기했잖아. 아빠는 불행으로부터 탈출했다고."

"정말 불행에서 탈출한 것인지 알 수 없잖아. 너 바다 보러 안 갈래? 바닷가에 산다는 아빠한테 가자고. 그래서 이 꿀꿀한 기분도 날리고."

민영이가 흥! 하고 콧방귀를 뀌더니 얼굴을 찡그렸다.

한참 후에 민영이가 내 눈 앞에 핸드폰을 쓱 내밀었다.

두세 살 정도 돼 보이는 계집애가 모래장난을 하고 있는 사진이었다. 파란색 모래 삽을 들고 천진난만하게 웃고 있었다.

"네 동생이냐?"

민영이가 고개를 끄덕였다.

"귀엽지? 우리 아빠는 애가 얼마나 예쁠까?"

민영이가 우울하게 웅얼거렸다.

우리는 일주일 후 노는 트요일에 고속버스터미널에서 만났다. 내가 부안가는 차표를 두 장 샀다. 민영이는 아이스커피를 두잔 사왔다.

햇볕이 뜨거웠다. 기말고사를 2주 남겨두고 있었다. 뭐라 뭐라 해도 개미인 나는 개미 근성을 버리지 못하는지 시험이 은근히 걱정이 되었다. 나와 민영이는 성적을 화젯거리에 올리지 않는 편이라 혼자서만 잠깐 걱정을 하고 말았다. 민영이는 보기보다 성적관리를 잘하는 편이었다.

민영이는 별로 말이 없더니 금세 잠이 들었다. 내 어깨 위로 민영이의 머리가 기울어졌다. 나는 민영이를 가만히 들여다보았다. 원래 곱슬머리인지 파마를 한 건지 약간 웨이브 진 머리에 쿤홍색 머리핀을 꽂았다. 얼굴은 하얀 나머지 창백해 보인다. 화장을 해서 그러나? 화장을 한다고 해서 창백해 보이지는 않을 텐데. 아무튼 생기가 없다.

나는 방황하는 외로운 영혼의 얼굴이 이럴 거라는 느낌으로 민영이를 뜯어본다. 민영이를 내가 어떻게 해주지 못해 안타깝다. 울지는 않지만 울기 직전의 표정으로 슬프게 서 있는 민영이다.

학교 애들은 '바람둥이'라고 쑤군거린다. 그들은 민영이를 모른다. 그러면서도 다 아는 것처럼 떠들고 다닌다. 우리는 누구도 타인에 대해서 잘 알지 못한다. 잘 알지 못하면서 아는 척 하는 것은 야만이고 폭력이다. 민영이가 몇 놈을 만났는지는 셀 수 있을 것이다. 그러나 민영이가 어떤 놈과 함께 공동묘지의 묘석을 읽으러 가는 다소 기괴한 데이트를 하고, 헤어져 돌아오는 지하철 안에서 '서로 다른 존재' 라는 이별의 문자 메시지를 보냈다는 따위는 알지 못한다. 민영이는 오히려 인간적인 면모를 지녔는지 모른다. 매번 실망하지만 타인에게 내민 손을 거두어들이지 않고 집요하게 떠돌고 있기 때문이다.

나는 외로움을 혐오하면서도 오로지 나 자신만을 껴안는데 골몰해왔다. 손을 내밀지 않는 사람은 자신을 사랑하려고 노력할 수밖에 없으니까. 나의 땀 냄새가 밴 이불을 두른 채 내가 상처받은 짐승처럼 웅크리고 있을 때, 민영이는 많은 놈들 사이를 떠돌지 않았을까.

'널 지켜. 그럴수록 네가 부서지는 걸 모르니.'

민영이의 턱없는 희망에 나는 절망감을 느낀다. 나는 인간이 고장이 나야 계속해서 인간에게 희망을 갖는다고 생각하는 사람이다. 상처받을지 뻔히 알면서도 계속 희망을 갖는 사람은 정상이 아니니까.

버스터미널에 내려 밖으로 나오니 뜨거운 기운이 한꺼번에 덮친다.

곰소로 가는 버스에 올라탔다.

민영이가 아빠에게 전화를 했다가 소리 내서 핸드폰 폴더를 닫더니 엠피쓰리 이어폰을 끼고는 눈을 감아버렸다.

곰소 시외버스터미널에 내렸는데 민영이 아빠는 보이지 않았다.

우리는 터미널 안에서 하릴없이 앉았다 섰다를 반복하며 시간을 보냈다. 민영이는 한마디도 하지 않고 있었다. 좁고 어두컴컴한 실내에는 오가는 사람도 없다. 서툰 '고장' 글씨를 붙인 채 서 있는 커피자동판매기가 유일한 문명의 이기일 만큼 초라한 시골 버스터미널은 퀴퀴한 냄새까지 났다.

삼십 분이 넘어서야 민영이 아빠가 왔다. 시골사람 같지 않게 긴 머리를 뒤로 묶어 젊어 보였지만 예민한 인상이었다.

민영이는 고개만 까딱하고 인사를 한다. 두 사람의 상봉은 어색하기 짝이 없다. 나도 처음 만나는 민영이 아빠에게 딱히 할 말이 없어 눈치만 보았다.

"하필 자동차 배터리가 나가서 충전하고 오느라 늦었다. 미안해. 버스로 와서 고생이 많았지?"

민영이 얼굴을 살피며 민영이 아빠가 조심스럽게 말했다.

민영이 아빠의 지프차를 타고 도착한 곳은 펜션과 커피숍으로 이루어진 작은 집이었다. 빨간 지붕과 흰 건물 외벽이 푸른 바닷물과 조화를 이루고 있어 꼭 지중해의 집을 연상시켰다. 나는 몇 년 전에 보았던 이태리 카프리 섬의 좁은 골목길이 그리워졌다. 그때는 내가 아직 이상한 웃음을 지을 줄 모를 때이다.

펜션 중 가장 넓은 방을 살림집으로 쓰고 있는지 민영이 아빠는 1층 끝 방으로 우릴 데려갔다. 소파 뒤에서 눈이 큰 꼬마 애가 우릴 보더니 소파 아래로 쏙 들어가 숨어버렸다.

"어서 와라."

조금 무뚝뚝하지만 담백한 성격이 드러나는 목소리로 단발머리 여자가 맞아주었다. 여자는 맨얼굴에 눈이 동그랗고 체구가 작아서인지 어린아이 같았다.

"이 집에 민영이도 처음 왔지? 아빠가 삼 년이나 걸려 지은 집인데."

우리는 큰 유리 창문으로 보이는 바다 풍경을 보았다. 밝은 태양 아래 바다는 나른하게 누워 있었다.

바다 냄새를 맡고 싶어 밖으로 나왔다. 바다 냄새가 별로 심하게 나지 않았지만 먼 바다에서 실려 온 바람이 하늘의 흰 구름을 몰고 이쪽으로 다가오는 것 같았다. 민영이는 햇살과 바다 바람을 즐기는 듯 눈을 가늘게 떴다.

바다 쪽으로 난 펜션의 정원에는 조각품들이 여기저기 널려있었다. 검은 돌로 된 도형 형태의 추상적인 것, 팔을 뒤로 하고 서 있는 수줍어 보이는 여인, 얼굴을 맞대고 있는 연인들이 파란 잔디와 잘 다듬어진 낮은 나무들 사이에 서 있었다.

"네 새엄마 작품이 대부분이고, 몇 개는 다른 작가들 것이지."

"아빠도 조각을 배우고 있어. 새엄마한테."

민영이 아빠가 덧붙였다.

"작업실도 구경할래?"

민영이 아빠가 소나무가 빽빽하게 들어 차 있는 정원 한 귀퉁이에 있는 창고 문을 열어 보였다.

중앙 작업대 주변으로 돌덩어리나 돌덩어리에서 막 벗어났지만 아직 형태를 갖추지 못한 것들이 널려있었다. 완성된 조각품들은 벽면을 따라 아무렇게나 여기저기 세워져 있어, 우리는 들러보았다. 커다란 창문으로 햇빛이 눈부시게 쏟아져 들어와 부연 햇살 속에 먼지들이 떠돌아다니는 것이 보였다. 민영이가 재채기를 하기 시작했다.

"저런, 아직 네 알레르기는 여전하구나. 여긴 만날 돌을 깎아대니 먼지가 많아."

민영이 아빠가 복잡한 표정으로 민영이를 바라봤다. 안타까움과 미안함과 서글픔이 다 섞여있는 그런 표정이었다. 민영이가 슬그머니 저쪽으로 가버렸다. 나와 민영이 아빠는 뒤따라 걸었다.

민영이가 한 곳에 멈춰 섰다. 소녀상이었다. 어린 동생을 언니가 어깨를 감싸 안고 있는 모습이었다.

"아빠 작품이야. 이번에 어디에 출품했는데 미역국을 먹었구나."

민영이의 눈이 조각품의 좌대에 붙은 작품 제목에 고정되었다.

'사랑, 민영과 민진'

민영이가 아빠를 쳐다봤다. 거의 울 것 같은 표정이었다.

민영이 아빠가 민영이를 안으려 하자 민영이가 몸을 획 돌려 창고 밖으로 나가버렸다. 민영이 아빠가 한숨을 푹 쉬다가 나와 눈이 마주쳤다. 그는 고개를 절레절레 흔들었다.

바닷가로 연결되는 돌계단에 민영이가 앉아있었다. 가파른 돌계단을 내려가자 아늑한 해변이 펼쳐졌다. 수없이 많은 몽돌이 깔려 있어 파도가 밀려올 때마다 몽돌이 좌르르좌르르 소리를 냈다.

민영이 아빠에게 전화벨이 울렸다.

"바비큐 해서 저녁을 먹자고 한다. 아빠가 바비큐 준비를 해야 되니까 산책하다 들어오렴."

민영이 아빠가 성큼성큼 걸어 멀어졌다. 민영이가 아빠의 뒷모습을 물끄러미 보았다.

"좋은 분 같아."

"그런 말 마. 날 두고 가버렸어."

"그건 이해할 수 있지 않아? 네 엄마랑 맞지 않는데."

"그래도……."

우리는 일몰 시간이 가까운데도 햇볕이 따가워 오래 있지 못하고 돌아왔다. 소나무 숲으로 바람이 시원하게 불어왔다. 바닷바람에 뒤틀리면서도 자연스런 곡선을 만들어 내며 크고 있는 해송들이 마음에 와 닿아 차분해졌다.

민영이와 나는 돌계단에 앉아 말없이 오랫동안 바다구경을 했다.

바다를 보며 먹는 바비큐 파티는 환상적이었지만 맛있게 먹는 사람은 나와 세 살짜리 꼬마, 딘진이 뿐이었다.

　민영이 아빠와 새엄마는 익숙한 솜씨로 불을 펴서 고기를 굽고 접시에 나누고 덜어주었다. 그들은 무척 사이가 좋고 평화로워 보였다.

　"펜션 숙박객들 시중을 들다보니 어느새 프로가 다 됐다."

　해가 막 바다에 빠지면서 남겨둔 열기에다 바비큐 그릴이 품어내는 뜨거움으로 땀이 범벅인 민영이 아빠가 이마를 닦으며 말했다. 그는 냉장고에서 차가운 맥주 캔 네 개를 들고 와 나와 민영이 앞에 하나씩 놓으며 물었다.

　"맥주 마실 줄은 알지?"

　민영이 새엄마가 우릴 보고 빙그레 웃었다.

　"오늘은 여기서 자고 가거라."

　민영이 아빠가 맥주를 마셔 얼굴이 붉어진 민영이에게 갈했다.

　"갈래요."

　민영이는 딱 잘라 거절했다.

　나는 마시고 있던 맥주 캔을 내려놓았다.

　맥주를 마셔서 운전을 못하게 된 민영이 아빠는 콜택시가 펜션 주차장에 도착하자 민영이를 껴안았다. 아빠의 어깨에 살짝 머리를 기댄 민영이가 슬퍼보였다.

　"언제든지 오고 싶을 때는 오너라. 여긴 네 집이야."

민영이 새엄마가 하늘색 봉투를 민영이 호주머니에 넣어주며 말했다. 의례적으로 하는 말이 아니고 진심이 묻어나는 어조였다.

"미안하구나."

택시가 출발했다. 민영이가 고개를 돌려 뒤를 보았다. 초저녁 엷은 어둠 속에서 민영이 아빠와 새엄마와 꼬마 민진이가 서 있었다. 어른 한 명과 두 아이가 서 있는 것처럼 보였다. 차가 펜션에서 자동차가 다니는 도로로 나가는 길로 꺾어 들어서야 민영이는 고개를 돌렸다.

서울로 향하는 버스 안에서 민영이가 부탁했다.

"내가 자꾸만 잊어버리는 병이 있어 그러는데 내 사진 좀 찍어줄래?"

"?"

"오늘 아빠한테 갔다 오는 나를 남기고 싶어."

나는 고개를 끄덕였다. 민영이는 머리나 얼굴을 매만지지도 않은 채 핸드폰을 응시했다. 나는 핸드폰의 확인 버튼을 눌렀다. 찰칵 소리를 내며 민영이의 얼굴이 찍혔다. 핸드폰 화면에 뜬 민영이의 얼굴 위로 '불안'이라는 글자가 스쳐갔다. 민영이는 아빠를 어떻게 받아들여야 할 지 몰라서, 자신이 아빠의 가족 안에 들어갈 수 있는지 몰라서, 불안한 것이라고 나는 멋대로 생각했다.

민영이가 눈을 감더니 잠이 들었다. 나도 따라 잤다.

내가 잠이 깨었을 때 민영이는 창밖을 내다보고 있었다. 깜깜한 어둠 속에 불빛들만 계속해서 명멸했다. 내가 몸을 움직이자 민영이가 나를 돌아봤다.

"종현이랑 끝냈어."

"또 왜?"

"난 걔가 마술세계로 데려가줄지 알았거든."

"걔가 찌질이라는 거 이제 알았구나. 넌 판타지에서 깨어나야 해."

"내 판타지가 뭔데?"

"누군가 널 구원해 줄 거라는 거. 그런 사람은 없어. 넌 자신을 믿어야 해."

"넌 너무 절망적이야."

"난 네가 갖고 있는 무모한 희망이 걱정 돼."

"그럼 걱정 해."

"난 네 엄마가 아니야."

"맞아. 우리 엄마보다 나아."

나는 말을 멈췄다. 내가 진짜로 민영이에게 하고 싶은 말을 전하고 싶은 강한 열망에 사로잡혔다. 그러나 내가 말을 했을 때 민영이가 차갑게 거절할까봐 겁이 났다.

'넌 겁쟁이야. 지금 이 순간 용기를 내지 않으면 영원히 내 마음을 전할 수 없을 거야.' 나는 조심스럽게 입을 뗐다.

"민영야… 내가 너의… 판타지가 되면… 안 될까?"

어렵게 꺼낸 내 말에 민영이가 웃음을 터뜨렸다.

"농담하냐? 너, 맥주 마셨지?"

밤 한 시가 넘어 집에 돌아왔다. 나는 신발장에서 줄넘기를 찾아 놀이터 옆 구석으로 갔다. 엄마가 기가 막힌 표정으로 엘리베이터 앞까지 따라 나왔다.

나는 1단 뛰기와 2단 뛰기를 섞어가며 미친 듯이 줄을 돌리고 점프를 하였다.

나는 새털처럼 가볍게 줄을 넘었다.

땀이 범벅이 되어서야 나는 집 화장실의 커다란 거울 앞에 섰다. 거울은 결연한 표정으로 서 있는 열일곱 사내아이를 비춰보였다.

큰 키에 곱슬머리, 작은 눈, 튀어나온 광대뼈, 근육이 없이 살찐 커다란 상체와 짧은 하체의 이제 막 무언가가 되기로 결심한 생명 체가 나를 바라보고 있었다.

오랫동안 거울을 들여다 본 나는 울고 싶어졌다. 아무리 뜯어 봐 도 나는 민영이에게 괄호 외의 타입에 불과했다.

민영이는 키가 크고 마른데다 침울해 보일 정도로 진지한 남자애 를 선호하는 것 같았다. 말 그대로 선호한다. 소문으로 들은 범수, 현호, 윤길이와 내가 알고 있는 재준, 종현이를 보면 그렇다.

나는 낙심해 거울 앞에 그대로 서 있었다. 벌거벗은 채로.

줄넘기 열다섯째 날

탁! 탁! 탁! 타다닥! 타다닥! 타다닥! 타다닥!

줄이 쌩쌩 돌아간다.

나는 날렵하게 줄을 넘는다. 점프할 때 힘이 주어지는 목과 복부가 어느새 편안해졌다. 내 몸에서 저절로 리듬이 흘러넘친다. 몸이 가벼워진다.

포물선을 그리며 줄은 강하게 허공을 할퀸다. 계속해서 할퀴고 또 할퀴면, 나를 둘러싸고 있는 답답한 울타리 한 구석이 허물어질지 모른다. 지금 내가 만들어내고 있는 이 특별한 공간과 시간의 정확한 결합지점에 내가 있다는 사실이 신기하다. 흘러내리는 물줄기와 향긋한 비누거품으로 온몸을 씻어내고 반짝반짝 빛이 나는 나. 그게 지금 이 순간의 나다.

쌩쌩 줄이 소리친다. 점점 팽팽해지는 줄은 기세를 몰아 허공으로 달려간다. 줄이 땅바닥을 때린다. 타다닥! 타다닥! 땅바닥에 부딪히고 튕겨 오르는 줄! 그때마다 나는 땅바닥을 차고 솟구친다.

점프! 점프! 점프!

점프할 때마다 공간에서 잠깐 머문다.

그리고 다시 돌아와 만나는 땅바닥.

나는 거부하지 않는다. 땅바닥으로 돌아오지 못한다면 어떻게 솟구칠 수 있겠는가. 나는 다시 비상할 수 있는 땅바닥의 사로운 울

림에 몸을 떤다. 기쁨에 날아간다.

이렇게 지상의 어디라도 다 갈 것 같다.

타다닥! 타다닥! 타다닥! 타다닥!

나는 맨 처음 민영이의 집에 간다. 민영이는 집에 없다. 나는 민영이네 아파트 출입구 앞에서 2단 뛰기를 하고 있다.

민영이가 산뜻하게 잘 빠진 차에서 내린다. 젊고 자신감 넘치는 표정의 청년이 손을 들어 빠이빠이 작별한다. 민영이가 손을 들어올리다 만다. 돌아서는 민영이.

내가 민영에게 다가간다.

타다닥! 타다닥! 타다닥! 타다닥!

그간 터득한 2단 뛰기의 기술을 멋지게 보여준다.

민영이의 눈동자가 커진다.

내가 숨이 하나도 차지 않는 음성으로 말한다.

"줄넘기가 예술이라고 말했지? 봐, 나도 예술을 하고 싶었어."

민영이는 고개를 끄덕인다.

"난 이제 몸치에서 탈출한 거야. 너도 탈출해."

안타깝게 바라보는 내 시선을 민영이는 외면한다. 언제나 똑같지만 민영이 안에 있는 커다란 바윗돌은 나를 단숨에 질식시킨다.

나는 울 것만 같아 돌아선다. 그래도 나는 2단 뛰기를 멈추지 않는다. 어쨌든 나는 민영이에게 달라진 나를 보여주지 않았는가. 그걸로 만족스럽다. 몸을 구부리고도 2단 뛰기를 이렇게 예술적으로 잘할 수 있는데.

　타다닥! 타다닥! 타다닥! 타다닥!

　나는 2단 뛰기로 우주까지도 갈 수 있을 것 같다. 민영이랑 상관
없이.

서창우 소설집

펭귄 소년

서창우 소설집

펭귄 소년

소년은 사진을 보고 있다.

소년이 어렸을 적, 아마도 십여 년 전에 찍은 사진일 거다.

소년은 아버지의 손을 잡고 있는데 둘 다 뒷모습이고, 그 앞에는 한 무리의 펭귄들이 잔뜩 모여 있다.

펭귄들은 배가 하얗고, 머리와 등은 검고 귀 부분이 노랗다. 황제 펭귄이다. 한 손을 높이 치켜든 아버지의 손에는 빨간 목도리가 들려 있다. 아버지는 그때 목도리를 열심히 이리저리 흔들었다. 아버지가 흔드는 목도리를 따라 펭귄들이 똑같이 머리를 움직여서 소년은 소리를 지르며 좋아했었다. 그 바람에 아빠는 더욱 신이 나서 흔들어 댔었는데.

소년은 펭귄을 좋아했다. 엄연히 조류(鳥類)에 속하면서도, 하늘을 날지 못하는 펭귄. 소년에게 지상의 미끄러운 빙산 위를 뒤뚱거리며 걷는 펭귄은 어수룩하고 우스꽝스럽게 느껴졌다. 장난감 같은 특별한 친밀감이 들었다.

펭귄의 아이러니는 소년이 자라면서 점차 다르게 다가왔다. 펭귄을 볼 때면 소년은 목에 뭔가 꽉 찬 듯한, 그런 느낌이 들었다.

사진을 보고 있는 지금, 소년은 속이 거북해졌다. 사진의 펭귄들은 개그맨들처럼, 눈을 동그랗게 뜨고 약속이라도 한 듯이 모두 목도리를 응시하고 있다.

소년은 머리에 철근이 든 것처럼 무거워지고 다시 아파왔다. 책상 서랍을 열고 사진을 넣었다. 그러고도 한참이 지날 때까지 빨간색 목도리와 펭귄의 모습이 눈에 어른거렸다.

소년은 가방에서 책을 꺼냈다. 수학 Ⅱ-나, 국사, 생물. 소년은 책상 위에 국사 책을 폈다. '원의 내정 간섭' 글자 아래에 밑줄을 그었다.

그때 핸드폰이 돌연 부르르 떨었다. 위이이이잉. 소년은 핸드폰의 액정을 보았다. 엄마였다. 소년은 핸드폰을 책상 뒤 침대에 던졌다. 위잉. 위잉. 핸드폰이 발버둥을 쳤다. 소년은 핸드폰을 무시하고 '03. 공민왕의 개혁' 부분으로 시선을 옮겼다. 머릿속에 내용이 들어오지 않는다. 소년은 ㅇ과 ㅁ과 ㅎ 글자 안을 볼펜으로 시커멓게 칠했다. 위잉. 위잉. 계속해서 핸드폰이 울렸다.

소년은 한숨을 쉰 후 전화기 폴더를 젖혔다.

'어디야, 너. 왜 전화 안 받아.'

"집이야. 머리아파."

'학원 숙제는 했니? 너 시험공부 제대로 해.'

“알았어.”

‘수학학원 늦지 마.’

“알았다고.”

‘그리고’

“알았다니까!”

소년은 핸드폰을 닫아 침대 위로 던졌다. 핸드폰은 침대 위에서 다시 떨기 시작했다. 소년은 침대 위에 벌렁 누워 버렸다. 눈을 감았다.

소년은 어둠 속에서 펭귄들을 보았다. 다큐멘터리 프로그램에서 많이 보아왔던 대로 펭귄들은 한 줄로 서서 빙산 위를 걸어가고 있었다. 대열의 앞에는 뚱뚱하고 키가 큰, 무리의 우두머리처럼 보이는 펭귄이 있었다. 으두머리 펭귄이 소년을 보고 꾸왁! 하고 소리를 냈다. 우두머리 펭귄을 따라 나머지 펭귄들도 꾸왁! 꾸왁! 꾸왁! 소년을 향해 소리를 질렀다. 소년은 목에 감고 있던 붉은색 머플러를 풀었다. 그런데 소년이 머플러를 흔들려고 한 순간, 머플러는 거짓말처럼 사라져 버렸다. 펭귄들은 조용히 빙산 위로 그들의 행진을 계속했다. 소년에게 아무 흥미도 없다는 듯 소년을 돌아보지도 않았다. 소년은 멀리 사라지는 펭귄들의 뒷모습만 멀뚱히 쳐다보았다. 펭귄을 더 이상 볼 수 없는데도 꾸왁! 꾸왁! 거리는 펭귄의 소리는 귓전에 계속 머물렀다.

소년은 교실 의자에 앉아 칠판을 쳐다보고 있다.

교단에는 수학선생님이 뭐라고 알 수 없는 말을 떠들어댄다. 흰색 와이셔츠에 검은 교복 재킷을 입은 서른 명이 넘는 아이들은 선생님을 조용히 주시하고 있다.

꾸왁! 꾸왁! 선생님이 말을 한다.

그때 소년은 벌떡 일어났다. 소년은 목에서 교복 넥타이를 뽑아 힘차게 오른쪽에서 왼쪽으로, 왼쪽에서 오른쪽으로 흔들었다.

풋. 푸훗. 와하하하하.

교실이 웃음소리에 파묻혔다.

선생님은 소년을 보고 어처구니없다는 듯이 고개를 절레절레 흔들었다.

소년은 아이들을 한번 스윽 쳐다본 후 의자에 털썩 앉았다. 소년은 교복 자켓을 머리 위까지 끌어 올린 후 책상 위에 엎드렸다. 선생님은 삼십 센티미터 플라스틱 자로 교탁을 따악 치더니 수업을 계속했다.

'쟤 왜 저래.' '원래 좀 이상하잖아.' '쟤 말하는 거 본적이나 있어? 난 좀 무섭던데.' '기분 나빠.' '미친 놈!'

소년은 자신의 재킷 안에서 얼굴을 찡그렸다. 다시 머리가 깨지듯이 아파왔다.

저녁 급식시간을 마치고 휴식 시간에는 아이들은 주로 잡담을 많이 했다. 야간 자율 학습 시간은 누구에게나 끔찍했다. 아이들은 끔찍한 시간을 맞기 전에 대단한 소란을 피우기도 했다. 소년은 아이들의 대화를 듣기만 했다. 아이들의 대화에 끼어들지 않기 때문에 소년은 대부분 아이들의 생각 밖에 있었다. 하지만 가끔씩, 아주 가끔씩 남자애들은 소년이 있다는 사실을 의식하곤 했다. 그럴 때는 누군가가 소년의 재킷을 툭툭 쳤다.

"야, 병신아. 뭐하냐? 벙어리냐. 병신아."

소년은 죽은 듯이 가만히 있었다. 가만히 있으면 투명해질 수 있었다. 세상에서 그 누구도 소년을 해치지 못하는 세계로 갈 수 있었다. 가만히 있어야만 소년은 투명해 질 수 있었다. 그러건 재킷을 건드리던 누군가도 역시 사라졌다.

종례종과 함께 소년은 별 하나 없는 하늘을 쳐다보며 집을 향해 걸었다.

소년에게 학교나 학원 선생님들은 모두 같아 보였다. 국어 선생님이나, 사회 선생님이나, 영어 선생님이나 대개 안경을 쓰고 잘 구겨지지 않는 셔츠와 주름이 다 풀린 바지를 입은 인간들이었다. 그들은 다른 옷을 입어도, 키가 작거나 커도 다 같아 보였다. 목소리까지 비슷비슷해서 구별 할 수 없을 정도였다. 소년은 그들의 똑같은 스타일이 싫었다. 지루하기 짝이 없는 수업은 도저히 관심을 가질 수가 없었다. 똑같이 알아들을 수 없는 소리를 지껄이는 괴상한 인간일 뿐이었다.

소년은 주위를 둘러보았다. 흰 색 와이셔츠 위에 검정색 재킷과

노란색 넥타이를 똑같이 걸치고 아이들이 책상에 박아놓은 듯 앉아있다. 그들은 충분히 지루했고, 충분히 맹목적으로 앞을 향하고 있었다.

소년은 옆으로 고개를 삐딱하게 돌렸다.

누군가가 하품을 하는 소리가 들렸다. 소년도 하품을 했다. 졸렸다. 소년은 학교에서나 학원에서 언제나 졸렸다. 소년은 머리를 한쪽 팔위에 올려놓고 눈을 감았다.

어슴푸레 잠이 들려고 하는데 발이 가려웠다. 소년은 신발을 벗고 발을 아래로 뻗쳐 긁었다. 그런데 무언가 이상했다. 손에 느껴지는 감촉이 전혀 달랐다. 마치 두꺼운 지방질 위의 돼지껍질을 만지는 느낌이었다. 소년은 책상 아래로 재빨리 고개를 숙였다.

자신의 발이 있어야 할 곳에, 오리의 발과 유사하지만 좀 더 크고 물갈퀴가 있는, 오렌지색의 무언가가 달려 있었다. 소년은 손으로 발을 만져보았다. 약간 축축하고 미끈미끈하면서, 고무와 같은 느낌이 들었다. 물갈퀴 사이로는 굵고 얇은, 파란색 혈관들이 띄엄띄엄 보였다.

언젠가 조금 큰 수족관에 갔을 때, 펭귄관 앞에서 직원이 마이크로 설명했던 게 생각났다. '펭귄의 발은 원더네트라는 조직이 있어서 발 위에서 아래로 내려가는 피는 적당히 차갑게 하고 발 위로 올라오는 피는 적당히 따뜻하게 만들어줘요. 이런 조직이 있기 때문에 펭귄은 극한의 남극에서도 발이 얼지 않고 살아남을 수 있죠.'

소년은 다시 자신의 발바닥을 물끄러미 보다가 펜으로 툭툭 건드려 보았다. 별 감각이 느껴지지 않았다.

소년은 이런 일이 왜 일어났는지 따져보려 정신을 집중했다. 생각할수록 황당한 일일뿐 어떤 과학적인 인과관계로 설명할 수 있는 사건은 아닌 것 같았다. 소년은 몇 분 동안 빤히 발을 응시하는 것 말고는 아무 일도 할 수 없었다. 소년은 조금 시간이 지나면 발이 다시 돌아오지 않을까 하는 기대를 하며 책상 위에 엎드렸다.

다음 날 아침 소년은 신발을 신다가 학교에 지각 할 뻔 했다. 원래의 발 대신 돋아난 삼각형 모양의, 세 개의 발톱이 달린 발은 신발에 들어가기엔 너무 넓었다. 소년은 신발에 발을 무조건 밀어 넣었다. 시간이 급해 어떻게 해서든지 신어야 했다. 신발의 뒤축은 구겨지고 찢어 질 것처럼 양 옆으로 부풀어 올랐다. 그래도 신발에 들어가 준 것만으로 고마워하며 발걸음을 뗐다. 발걸음을 뗄 때마다 꼭 낀 작은 신발은 소년의 발을 계속 죄었다. 소년은 심한 통증 때문에 뒤뚱뒤뚱 걸어 차도를 건너서 학교로 향했다.

아이들은 누구도 소년의 발에 대해 이상한 점을 발견하지 못했다. 소년은 누군가 발에 웬 물갈퀴냐고 놀랄 줄 알았는데 알아채는 아이는 없었다. 다행이었다.

사회 시간에 선생님이 말했다.

"이번 학기 수행평가를 설명하겠다. 재방송하기 싫으니까, 지방 방송은 잠시 끊고 있도록."

아이들이 모두 조용해졌다.

"이번 수행평가는 지역 사회 조사하기다."

앞에서 사회선생님이 팔을 위아래로 흔들며 계속해서 말했다. 사회 선생의 말이 끝나자마자 아이들은 자리를 바꾸기 시작했다. 갑자기 꽉꽉거리는 소리가 교실에 가득 찼다.

소년은 아이들이 자리를 바꾸는 것을 바라보고만 있었다. 소년이 낄 만한 그룹도 옆으로 올 만한 애도 없었으니까.

그때 옆으로 소녀가 와 앉았다. 소녀는 천천히 자리에 앉은 후 앞만 보고 있었다. 서로 마주친 적이 있나 의문이 들 정도로 이름만 아는 아이였다. 얘도 교실 어딘가에서 소년처럼 웅크리고 있었을 것이다.

소년은 소녀를 응시했다. 안경을 쓴 소녀는 눈이 커다랗다. 쌍꺼풀이 짙게 진데다 눈두덩이 약간 들어가 지쳐 보였다. 창백한 피부에 머리를 뒤로 아무렇게나 묶은 소녀는 마치 무언가를 피해온 것처럼 불안해 보였다.

소년은 교실을 한 번 둘러보았다. 소녀가 왜 자기 옆 자리로 왔는지 의아했기 때문이다. 소년도 한때는 다른 아이들과 어울려 보려고 애도 써봤지만 매번 극심한 피로감만 느끼곤 했다.

그래서 소년은 섞임도 침입도 허용하지 않은 채 오직 단단하게 벽돌 쌓는 일에만 전념하는 벽돌공같은 태도를 보였다. 누구에게나.

주변에 모둠별로 앉은 아이들은 의견을 나누느라 벌떼처럼 시끄러웠다.

"어떻게 할 거야?"

소년이 먼저, 불안해서 잔뜩 웅크려 있는 한 마리 고양이처럼 보이는 소녀에게 물었다. 그저 가만히 앉아있는 소녀가 한심해 보였다. 자기와 비슷해 보이는 인간에게 보이는 이 답답함.

소녀가 고개를 돌려, 그 퀭한 눈동자로 소년을 애매하게 보았다.

"뭘?"

"이거. 귀찮지만……."

소년은 멋쩍었다. 자기에게 어울리는 말은 아닌 것 같았지만 내친김에 말을 이었다.

"지역 사회 조사라니까 직접 조사할 게 많겠네. 먼저 주제부터 정해야 할 거 같은데."

소년은 갑자기 똑똑한 척 굴었다.

"……."

소녀는 아무 말 없이 눈만 깜박이고 있다.

"음, 나도 사실은 잘 모르겠어."

소년이 소녀의 침묵에 당황했다.

"……."

소년은 굴복했다. 입을 닫고 원래 자리로 돌아가 버린다. 언제나 쉽게 하는 포기. 소년은 자신이 못마땅해 얼굴을 찡그렸다.

"나도 아무 생각이 안 나니까 생각날 때 연락 해. 전화번호 좀 찍어줘."

소년은 낭패감에 바지 주머니에서 핸드폰을 천천히 꺼낸다. 소녀가 소년의 핸드폰을 낚아채듯 뺏어 번호를 눌렀다. 소년은 다리미에 눌린 것 같은 언짢은 기분이 들었다

"나중에 문자 줘."

소녀가 핸드폰을 돌려주며 말했다. 처음 들어 보는 소녀의 목소리였다. 생각 외로 맑았다. 그 목소리는 깊은 동굴 속의 물웅덩이를 연상시켰다. 아무도 들어 갈 수 없는, 아주 깊은 동굴 속의 검고 알 수 없는 호수.

그날 밤, 소년은 꿈을 꿨다.

집채만 한 고양이 한 마리가 빙산 위에 웅크리고 앉아 펭귄들을 가만히 쳐다보고 있었다. 마침내 고양이가 불쑥 몸을 일으켜 펭귄들이 모여 있는 곳으로 다가갔다. 고양이는 커다란 발로 펭귄을 한 마리씩 낚아채 잡아먹기 시작했다. 놀란 펭귄들은 한꺼번에 비명을 질렀다. 펭귄들이 여기저기 빙벽에 부딪히고 파닥였다.

고통스럽게 울부짖던 펭귄들이 갑자기 한 마리씩 하늘로 날아오르기 시작했다. 펭귄들 등에 난 검정색 날개가 힘차게 바람을 가르며 퍼덕였다.

소년 역시 펭귄들과 같이 하늘을 날아오르려고 했지만 소년의 등

에는 날개가 없었다. '아, 아, 안 돼.' 소년은 심장이 졸아붙는 것 같았다. 마침내 커다란 고양이의 그림자가 소년 위를 덮었다.

날카로운 갈고리 발톱이 달린 시커먼 발이 소년을 향해 쭉 뻗어 오자 소년은 '아악!' 소리를 지르며 눈을 감았다 떴다. 눈을 떠보니 거기엔 고양이가 감쪽같이 사라지고 대신 소녀의 커다란 눈동자가 잔뜩 노려보고 있었다.

어느 날 부터인지 소년은 교실에 들어설 때마다 소녀를 찾아보는 버릇이 생겼다.

소녀의 자리는 뒤쪽 창가에 있었다. 소녀가 누군가와 대화를 나누고 있는 모습은 한 번도 목격되지 않았다. 소녀는 늘 피곤한 표정으로 천천히 걸어 다녔다. 수업시간에 발표하거나 참여하는 경우도 없었다. 그림자 같았다.

소년은 소녀를 모른 척 했지만 언제나 신경이 쓰였다. 소녀는 소년이 근처에 있다가 눈이 마주쳐도 그냥 지나칠 뿐 별 말이 없었다. 소녀는 무엇이든 부딪히면 튕겨내는 거대한 벽 같았다.

소녀는 책상에 머리를 박고 자고 있거나, 멍한 시선으로 허공을 응시하고 있거나, 무언가를 열심히 쓰고 있곤 했다.

소년은 소녀를 자꾸 돌아보았다.

소년은 차츰 교복 윗도리를 뒤집어쓰고 자는 일이 적어졌다.

수행평가 날이 가까워지는 데도 소년과 소녀는 연락을 하지 않았다. 하는 수 없어 어느 날 수업이 끝나고 소년은 용기를 내 물었다.

"생각은 해 봤어?"

소녀는 소년을 잠깐 쳐다보다 내키지 않는다는 듯 천천히 가방에서 노트를 꺼냈다. 딱 봐도 오랫동안 써 온 것 같은 낙서 반, 그림 반의 노트였다.

소년은 노트와 소녀의 얼굴을 번갈아 보았다.

'뭐야? 웬 노숙자?'

소녀의 퀭한 눈동자는 감정이 없어 보였다.

"노숙자를 어디 가서 만날 거냐?"

"내가 할게."

소녀가 아주 또렷하게 잘라 말했다.

지금 내가 귀찮고 방해가 되고 있나 하는 생각이 들어 소년은 기가 죽었다. 신발 안의 펭귄 발이 아려왔다.

"힘들 것 같은데. 노숙자 수 파악은 시청 같은 데서도 힘든……."

그래도 소년이 힘을 내 주제의 문제점을 지적했다.

"힘든 일은 내가 한다고."

"힘든 일은 내가 할 테니까. 넌 나중에 컴퓨터로 자료 정리만 하면 돼."

소녀가 반복해서 말했다. 소녀는 소년이랑 함께 숙제를 할 의사가 전혀 없다는 태도로 말했다.

소년의 속에서 뜨거운 것이 솟구쳤다. 그것은 분노였을까. '넌 그냥 거기에 있어!' 라는 메시지는 얼마든지 많이 받아왔다. 소녀에게는 그런 메시지를 받고 싶지 않았다.

소년은 손에 든 노트를 찢어버리고 싶은 충동에 사로잡혔다. 신발 속의 펭귄 발이 쓰라려 왔다.

"안 돼."

소년은 자기도 모르게 큰 소리를 질렀다.

"나도 할 거야. 같이. 조사도 같이 하자."

소녀가 잠시 망설였다. 조금 귀찮은 표정이었다. 몇 초가 흘렀다.

"그래. 그럼 내일, 전철역 앞에서 보자."

소녀가 의외로 담담하게 말했다.

엄마는 소년을 보자마자 십여 분 동안이나 잔소리를 늘어놨다. 소년이 도대체 어떤 일에도 관심이 없다고 한탄하는 소리였다.

'뭘 하고 싶은지 생각 좀 해봐라.'

엄마는 혀를 찼다. 과일접시에 담긴 딸기를 집어 먹는 것도 미안할 정도였다. 소년은 들었던 포크를 그냥 내려놨다.

소년은 뒤뚱뒤뚱 걸어 방으로 들어왔다. 엄마가 등 뒤에서 소리쳤다.

"허우대는 멀쩡해갖고 왜 제대로 못 걷니?"

소년은 걸음을 멈추고 엄마에게 물었다.

"엄마, 내 발이 조금 이상하지 않아?"

"발이 어때서 그러냐?"

밤에 소년은 침대에 누워 소녀에 대해 생각해 봤다.

소녀가 자기에게 특별히 와주었다는 상상을 멋대로 했다. 소녀가 처음 소년에게 말을 건넨 순간이 자꾸 떠올랐다. 소녀의 커다란 눈과 창백한 얼굴이 묘하게 가슴에 파고들었다. 뮤직비디오의 한 장면처럼 소녀가 자기를 향해 얼굴을 돌렸다. 긴 머리카락이 얼굴을 스치고 바람에 날아가는 동영상이 움짤로 무한 반복해서 돌아갔다.

소년은 오늘 낮에 학교에서 소녀에게 왜 화가 났을까 생각해 보았다. '너는 거기에 그냥 있어'라는 말은 다른 사람들에게 만날 듣던 말이었는데 소녀를 통해 들으니 뾰족하게 마음을 찔렀다. 기꺼이 짜부라져 있는 것을 즐겼는데 이제는 그러고 싶지 않는지 모른다. 소년은 손을 이불 아래로 뻗어 발을 만져보았다. 손끝에 느껴지는 것은 축축하고 차가운 고무와도 같은 발이었다.

소녀는 역 앞에 서 있었다. 아무렇게나 묶은 머리는 그대로였지만 교복 대신 보라색 추리닝을 입고 있었다. 바람 한 점 없는 뜨거운 날씨였다. 소녀의 관자놀이 부분 머리카락 아래로 땀이 주르륵 흘러내렸다.

소년은 뒤뚱뒤뚱 걸어갔다. 소년은 이제 펭귄 발에 어느 정도 적응하고 있었다. 펭귄 발은 의외로 미끌미끌하면서도 발바닥은 우둘투둘해서 샤워를 하거나 미끄러운 곳을 걸어 갈 때도 안전한 편이었다.

다행히 펭귄 발은 다른 사람들에게는 보이지 않는 듯 했다. 집에서 맨발로 돌아다녀도 소년의 어머니는 전혀 눈치 채지 못했다. 걸을 때마다 뒤뚱 거리는 건 문제였다. 선생님과 아이들의 시선에서 ‘참 가지가지 한다.’ 라는 말이 넌지시 들려왔다.

소녀는 뒤뚱뒤뚱 걸어오는 소년을 보더니 피식 하고 웃음을 터뜨렸다. 처음으로 보는 소녀의 웃음이었다.

“1번 출구부터 시작할거야. 사실 낮에는 노숙자들을 만나기 어렵지만 그래도 찾아 봐야겠지?”

학교에서와는 달리 소녀는 묘하게 활기 차 보였다. 흰색 나이키 운동화를 신고 성큼성큼 걸어가는 소녀의 모습에는 자신감이 가득했다.

소년은 소녀가 낯설게 느껴졌다. 소년은 뒤뚱뒤뚱 소녀의 뒤를 따라갔다. 펭귄 발로는 속도를 내기가 힘들었다. 옆을 지나가던 초등학생 두 명이 킬킬거리며 손가락질 했다.

"조금만 기다려줘! 미안한데 발이 다쳐서."

멀어진 소녀에게 소년이 소리 높여 말했지만 못 들었는지 소녀는 걸음을 늦추지 않았다.

소녀는 씩씩한 걸음걸이로 옆으로 누워 눈만 가늘게 뜨고 있는 노숙자에게 다가갔다.

"어디가 아프세요? 많이 여위신 것 같네요. 봉수 아저씨."

마치 가족이나 친한 친구를 대하는 태도였다. 소녀의 얼굴에는 따뜻한 웃음이 스쳤다.

바닥에 신문지를 깔고 누운 봉수 아저씨라는 사람은 추레한 속옷 윗도리와 반바지를 걸치고 있는 중년 남자였다. 그의 옆에는 작은 돈 단지가 놓여 있었다. '도와주십시오. 새로운 삶을 시작하려 합니다.' 라는 서툰 글씨가 쓰인 박스에 쓰인 종이도 세워져 있었다.

중년 남자는 앓는 사람처럼 눈도 제대로 못 뜨고 있었지만 소녀의 목소리를 알아듣고는 거무죽죽한 입을 벌려 갈라진 쇳소리로 대답해 보였다. 아저씨는 천천히 몸을 일으켜 계단 벽에 등을 대고 앉았다. 잘 다물어지지 않는지 반쯤 벌린 입 사이로 제멋대로 난 누런 이빨이 보였다. 얼굴은 지저분한 수염으로 뒤덮이고 머리카락은 기름과 먼지로 뒤범벅이 되어 볼썽사나운 머리통에 찰싹 달라붙어 있었다.

소년은 조금 떨어져서 눈만 깜박이고 있었다.

아저씨가 적선을 하는 사람들에게 한눈을 팔았다. 그 틈에 소년이 소녀에게 목소리를 낮춰 굴었다.

"너 이 사람을 어떻게 아니?"

노숙자에 대해 조사 하는 것이 위험 할 것이라고 생각했는데. 소녀가 노숙자들과 이렇게도 친할지는 몰랐다.

"응. 몇 번 만나 본 분이야. 전에 군의 특수부대에 계셨대. 얼마나 재미있는 이야기를 긇이 알고 있는지 몰라."

소녀는 방긋 웃으며 봉수라고 부른 노숙자 아저씨를 바라보았다.

"그렇죠?"

"뭘?"

아저씨가 영문을 몰라 되물었다. 그러더니 혼잣말처럼 중얼거렸다.

"모두 다 가버렸어. 다. 죽었겠지? 죽었겠지!"

봉수 아저씨의 입에서는 말을 할 때마다 고약한 냄새가 났다.

소년은 조금 떨어져 섰다.

"아저씨, 여기 빵이랑 우유 있어요."

"괜찮은데."

"여름이라 수입도 적을 따잖아요. 불쾌지수가 높아 다들 짜증만 내고."

봉수 아저씨는 고맙다는 뜻으로 고개를 살짝 숙이더니 소녀에게 빵을 받았다.

일이 끝난 것은 저녁 먹을 시간이 지난 여덟 시쯤이었다. 소년이 한 일은 소녀의 뒤를 따라다니며 카메라로 노숙자들의 사진을 찍고, 작은 노트에 이름과 나이를 정리 하는 것이었다.

"어땠어?"

소녀가 뒤를 돌아보며 물었다.

"의외야. 네가 이런 애 일 줄은 몰랐어."

"사람마다 비밀은 있기 마련이니까."

소녀는 눈을 들어 하늘을 쳐다봤다. 하늘에는 별이 없었다.

소년도 하늘을 보았다.

"별이 하나도 없지?"

소녀가 건조하게 물었다.

그래. 언제부터 별을 보지 못하게 된 걸까. 분명히 어릴 때 저 하늘은 별로 가득 차 있었는데.

"넌 한 사람이, 다른 사람을 구제 해 줄 수 있다는 게 가능하다고 생각해?"

소녀가 진지한 표정으로 다시 물었다.

"……"

소년은 소녀를 가만히 쳐다만 보았다. 소년은 다른 사람 구제 따위는 생각을 해보지 않았다.

"난 중학교 때 왕따였어. 친한 친구가 한 명도 없었어. 자리에 돌아와서 누군가가 필통 안에 침을 뱉은걸 확인하거나, 내가 마실 우유가 사라진 걸 보고 생각하곤 했어. 누구라도 좋으니, 제발 절 도와주세요. 제발요."

소녀의 얼굴은 점점 학교에서의 그 퀭한 얼굴로 바뀌어 갔다.

"난 거절이라는 것이 무서워. 대화의 거절. 도움의 거절. 그 모든 거절들 말이야. 난 그때 거절이 얼마나 냉혹한지 알았어. 그 중에 가장 아팠던 건 애들과 친구가 되고 싶은데, 아무도 내 손을 잡아 주지 않는 거였어. 학기 초에 잠깐 친했던 친구들도 뭣 대문인지 금방 등을 돌리고 말았어. 그래서 나는 손을 내밀 줄 몰라."

"……."

"그래서 노숙자 아저씨들과 이야기하기 시작했어. 노숙자 아저씨들은 내 말을 들어 주거든. 난 아저씨들에게 위로가 도기 위해서 이 일을 시작한 게 아니야. 위로를 받는 쪽이 오히려 나일 테니까. 오늘 만난 사람들은 그렇게 친해진 아저씨들이야."

"난 노숙자도 아닌데. 넌 왜 나랑 ……."

"넌 달라. 넌 나랑 같다는 생각을 하니까. 숨어 지내잖아. 나도 마찬가지니까 알 수 있어. 하지만 난 너처럼 뒤뚱거리지 않아."

소녀는 소년을 향해 싱긋 웃었다. 둘은 각자의 생각에 빠져 학교 근처까지 함께 걸어 와 헤어졌다. 소녀는 뒤로 돌아 손을 흔들고는 달려갔다.

소년은 집에 돌아오며 내내 아무 말도 할 수 없었다. 소녀가 꿰뚫어 보는 자기의 모습에 소년은 가슴이 아팠다.

다음 날 아침, 소년은 거울에 비친 얼굴을 보고 소스라치게 놀랐다. 거울 속의 그의 얼굴은, 펭귄 얼굴처럼 길쭉해져 있었다. 소년은 고개를 숙여 자신의 발을 바라보았다. 발은 여전히 큰 오리발처럼 보이는 펭귄의 발이었다. 다행히 손은 그대로였다.

아침 식사를 하면서 일부러 엄마에게 얼굴을 보이려 애썼지만, 엄마는 평소와 다른 것을 알아차리지 못하는 듯 했다.

학교에서도 아무도 소년의 모습을 알아차리지 못했다.

소녀만 눈을 동그랗게 뜨고 소년을 보았다. 소녀는 믿을 수 없다는 눈빛으로 소년을 뜯어보았다.

소년은 재빨리 핸드폰을 열어 문자를 쳤다.

'너 이거 보여?'

소녀는 고개를 빠르게 몇 번 끄덕였다.

소년이 머리를 양옆으로 몇 번 흔든 후 소리를 냈다.

"꾸왁! 꾸왁!"

아이들이 웬 소린가 싶어 눈이 동그래졌다. 소녀가 입모양으로 '안 돼' 해 보였다.

"어떻게 된 거야? 그 펭귄 머리? 너하고 나한테만 보이는 가봐."

소녀가 쉬는 시간에 와서 물었다.

"나도 몰라. 내가 알고 있는 건, 지난주부터 발이 서서히 펭귄의 발처럼 변하기 시작 했고, 이젠 머리까지 이렇게 변했다는 거야. 난 나한테만 보이는 줄 알았는데."

"이러다가 온몸이 펭귄으로 변할지도 모르겠네."

"응. 이대로는 병원도 못 간다구. 아무도 못 보니까. 손마저 펭귄 날개로 변하면 어떻게 될까. 아무것도 못 할 거야. 연필도 못 쥐고 컴퓨터도 못 할 거라구."

소녀는 재미있다는 듯이 웃었다.

"왜 웃어? 난 속이 타는데."

"방금 네가 펭귄이 된 모습을 생각했어. 사실 지금이랑 별로 다를 것도 없을 것 같네. 지금도 뒤뚱거리잖아. 이제 여기에 배로 미끄러지기만 하면 되겠다."

소녀는 자기도 모르게 신이 나서 떠들었다. 그런 소녀를 보고 있으려니까 소년도 기분이 좋아졌다. 하지만 걱정이 되어 다시 소녀에게 말했다.

"이런 일이 왜 나에게 일어나는지 모르겠어."

"벌레로 변한 사람도 있잖아. 너는 그나마 펭귄으로 변하는 게 다행인줄 알아. 아참, 우리 사회 숙제. 이번 주말에도 사진기 준비하는 거 잊지 말고."

소녀는 빠르게 말하고 뛰 듯이 걸어갔다.

소녀는 '이상한 나라의 앨리스'에 나오는 토끼를 연상시켰다. 항상 앨리스보다 약간 더 빠른 속도로 뛰어 도망쳐서 앨리스를 농락했던 토끼. 소년은 마치 자신이 앨리스가 된듯하다는 생각이 들었다. 하긴 뒤뚱거리면서 걸어봤자 소녀를 따라 잡을 수 없을 것이다.

주말이 되어 소년과 소녀는 다시 지하철역으로 나왔다. 역의 한 구석에 사람들이 몰려 있었다. 빙 둘러싼 사람들 속에는 바닥에 아무렇게나 누워있는 봉수 아저씨가 있었다.

"죽었나?"

어떤 사람이 발로 시체를 툭툭 건드려 보았다. 봉수 아저씨는 왜소한 몸을 잔뜩 오그린 채 입을 벌리고 죽어 있었다. 그 입으로 무엇을 말하려고 했을까. 곁을 떠난 가족들을 향한 그리움. 무언가를 맛있게 먹고 싶다는 욕망 같은 것이었을까. 곧 지하철 직원이 달려와 얇은 천으로 몸을 덮고, 119에 연락했다.

소녀는 울지 않았다. 오히려 담담한 표정이었다. 전에 봉수 아저씨에게 소녀가 보이던 친절함을 생각해 보면 알 수 없는 일이었다. 소녀는 시체를 바라보다가 훌쩍 뒤로 돌아 다시 걷기 시작했다.

"너, 저 아저씨랑 친하지 않았어?"

어리둥절한 소년이 물었다.

"난 아프고 싶지 않아. 만약 모든 사람에게 느껴야 할 고통이 일정량 정해져 있다면, 난 이미 중학교 때 그걸 다 써버렸다고 생각하고 있어."

어느 새 소녀는 학교에서의 얼굴, 그 퀭한 눈빛의 얼굴로 바뀌어 있었다.

"처음부터 누군가에게 의미를 부여 하지 않으면 난 고통 받지 않아도 되는 거야. 그게 천국에 이르는 길이야."

소녀는 고개를 살짝 들어 소년을 흘낏 쳐다보고는 덧붙였다.

"넌 펭귄이라 특별히 얘기해 주는 거야."

소년은 그제야 생각난 듯이 손을 들어 얼굴을 만져봤다. 이제는 길고 딱딱하고 끝이 약간 휘어진 부리가 손에 잡혔다.

"네가 왜 펭귄으로 변하고 있는지 생각 해 본 적 있어?"

한 번도 생각 해 본 적 없는 질문이었다. 소년에게 중요한 것은 자신이 다른 무언가로 변하고 있다는 사실, 그 자체뿐 이었다. 펭귄으로 변하든, 사자로 변하든, 물개로 변하든 나머지는 별로 중요하지 않았던 것이다.

"생각 해 본 적이 없구나. 그것도 좋아. 하지만 한 번 쯤은 생각해 보기 바래. 그건 네가 생각 하는 것보다 훨씬 더 중요한 것일지도 모르니까."

소녀는 이번엔 달려가지 않았다. 소년의 걸음에 맞춰 천천히 걸어갔다. 둘은 헤어졌다. 소녀가 손을 흔들었다. 소년도 뒤로 돌아 손을 흔들었다.

집으로 돌아오는 길에, 소년은 작은 고양이 한 마리를 발견했다. 고양이는 부르르 떨고 있었다. 아직 어린 새끼 고양이였다. 소년은 그냥 가려다가 고양이를 들어 올렸다. 비쩍 말라 버둥거릴 줄도 몰랐다. 손에 뭉클한 감촉이 전해져 왔다. 회색 바탕에 검은 줄무늬의 털이 군데군데 빠져 귀엽거나 예쁘지도 않았다. 소년은 고양이의 등을 쓰다듬었다. 따뜻한 온기가 느껴졌다. 소년은 고양이를 안고 집으로 천천히 걸었다.

하늘에서 조금씩 비가 떨어졌다.

소년은 고양이가 비를 맞지 않아 다행이라는 생각을 했다.

소녀가 소년의 집에 온 것은 그 다음 날이었다.

"보여준다는 게 뭐야?"

소녀가 현관에 들어오며 물었다. 언제나처럼 털털한 추리닝 차림이었다.

고양이는 아직까지 방 한쪽에 웅크리고 있었다. 따뜻한 우유를 주고 이불을 덮어 줘도 고양이는 몸을 떨기만 하고 우유를 먹지 못하였다.

소녀는 고양이를 보더니 애매한 표정을 지었다.

"길고양이구나. 돌볼 줄이나 알고 데리고 온 거야?"

"아니. 그냥 불쌍해서."

소녀는 싱긋 웃었다.

소년과 소녀는 숙제 자료를 검토하며 함께 파워포인트를 만들었다.

'이 그림은 여기에, 이 자료는 저기에. 아, 이건 중요하니까 프레젠테이션 앞부분에 넣도록 하자.'

이윽고 둘의 작업이 끝났다. 소녀가 갈 시간이 되었다. 소년은 소녀와 함께 집을 나섰다.

아파트 마당을 살찐 고양이가 느릿느릿 걸어갔다. 소년과 소녀의 눈이 고양이의 뒤를 쫓았다.

소녀가 소년을 바라봤다.

"난 친했던 고양이가 많아."

소녀의 눈이 많은 이야기를 하고 있었다.

소년이 힘을 줘 손을 흔들었다. 소녀가 손을 들어 답을 하졌다.

소녀의 발이 어느 새 고양이의 발로 변해 있었다. 회색어 검은 줄무늬가 있고, 발톱이 약간 돌출 된 발이었다.

소년은 소녀에게 느껴왔던 답답함이 사라졌다.

다음 날 아침, 소년은 고양이가 죽어 버렸다는 사실을 확인하고는 거울을 보았다. 소년은 이제 완전한 펭귄이 되어 있었다.

소년은 비가 주룩즈룩 내리는 거리로 걸어 나갔다. 거리는 동물들로 가득 차 있었다. 한쪽에서는 고릴라가 가슴을 때리며 울부짖고 있었고, 다른 한쪽에서는 기린이 우아하게 걸어가고 있었다. 바닥을 기어가는 달팽이도 있었으며, 열심히 뛰어가는 타조도 있었다.

동물들은 저마다 고통스러워 보이기도 했고 체념에 빠진 것처럼 보이기도 했다.

소년은 거리를 보고 싱긋 웃었다. 뭐 어때, 펭귄도 괜찮잖아? 소년은 뒤뚱뒤뚱 걸었다.

서창우 소설집

푸른 크레바스

서창우 소설집

푸른 크레바스

여기가 학교라니. 믿을 수가 없다.

교실 뒤쪽에서는 남자 아이들이 레슬링을 하느라 우당탕탕 난리를 친다. 칠판에 붙어서 낙서를 하거나 만화를 보며 키득거리는 아이들은 그나마 양반이다.

'난장판이야!' 나는 이마를 찌푸린 채 주변을 천천히 둘러보았다.

"시끄럽지?"

새로 짝이 된 여자아이가 곰살궂게 묻는다. 허스키한 씩씩한 음성이다.

"나는 민희야. 김민희. 아, 그런데 네 이름이 뭐였더라? 금세 잊어버렸네."

여자아이는 미안한지 웃음을 지어 보인다. 약간 올라간 눈초리가 더 길어진다.

나는 말없이 여자아이를 쳐다봤다.

“너 혹시 우리말 못하니? 잊어버린 거야?”

여자아이는 호기심이 가득한 눈을 내 얼굴에 바짝 갖다 댔다.

“…….”

“어머! 우리말도 못 알아듣는 거 아니니 너?”

이번에는 여자아이가 과장되게 소리를 질렀다. 굵은 목소리가 군데군데 끊겨 마치 돼지가 꽥꽥대는 것 같았다.

순간 나도 모르게 풋! 웃고 말았다.

‘난, 너 같은 애송이와 수다를 떨고 싶지 않을 뿐이야.’

싫다! 이 교실도 싫고, 이 시끄러운 풋내기들도 싫다. 제대로 하자면 나는 중학교 삼학년 어느 교실에 있어야 한다.

가슴에서 울컥 뜨거운 것이 쏟아진다. 엄마가 다시 원망스러워졌다. 엄마는 내가 싫다고 발버둥치는 대도 아랑곳하지 않고 학년을 낮춰 전학시켜버렸다. 그렇게 하지 않으면 이 년 가까이 미국에 있느라 뒤떨어진 공부를 따라가기 힘들다는 이유였다.

“뭐야? 웃는 건.”

여자아이는 어처구니가 없는지 샐쭉해지며 고개를 돌렸다.

목덜미가 무척 희다.

나는 눈을 돌리며 브리트니를 떠올렸다. 온몸이 눈처럼 희고 눈동자가 깊게 빛났던 브리트니. 브리트니를 생각하니 가슴이 아렸다. 언제나 나와 함께 있겠다는 약속을 했었는데 아직까지 소식이 없는 걸 보면 나를 잊은 게 틀림없다.

열여덟 시간의 긴 비행 끝에 나는 미국의 작은 도시 버밍햄의 교외에 도착했다. 미국 남부의 뜨거운 태양은 가도 가도 끝없는 울창한 숲을 만들어 내, 사방이 초록빛으로 덧칠해 놓은 것 같았다. 큰 빌딩이 없고 자동차 통행도 닿지 않은 한적한 도시였다.

유학원의 소개로 만난 한국인 가디언 아저씨가 작은 정원이 딸린 초록지붕의 이층집 문을 두드렸다. 나를 돌봐줄 호스트의 집이었다.

"진심으로 환영한다. 우린 마이크와 젠이야."

호스트인 마이크 아저씨와 젠 아줌마는 이메일로 보내준 사진보다 훨씬 나이가 들어 보였다.

"안녕하세요? 우진입니다. 만나서 반갑습니다."

수십 번 연습한 짧은 인사를 어떻게 했는지 모를 정도로 나는 엄청 긴장을 했다.

마이크 아저씨는 코만 보였다. 비정상적으로 크고 빨간 딸기코였다. 너무 뚫어지게 보는 것이 예의가 아니라는 것쯤은 알고 있지만 눈을 뗄 수가 없었다. 마이크 아저씨가 내 눈높이에 맞춰 커다란 몸을 살짝 구부리고 '잘 왔구나. 환영한다.' 라고 다시 반겨주었다. 따뜻한 회색눈동자였다.

젠 아줌마는 바짝 마른데다 주름이 많아서 마이크 아저씨의 어머니로 착각할 뻔했다. 어깨 위까지 내려오는, 햇볕에 바랜 금발머리를 아무렇게나 헝클어뜨린 젠 아줌마는 자유스러워 보였지만 고집이 무척 셀 것 같았다.

영어로 무언가 말해야 하는데 겁이나 아무 말도 하지 못한 채 나는 우물쭈물하였다. 젠 아줌마의 뾰족한 턱과 강한 눈빛이 나에게 쏠렸다. 날카로웠다. 나는 더욱 허둥거렸다. 내가 잘못 배달되어진 물건 같은 기분이 들었다.

주눅이 든 나는 고개를 떨어뜨렸다.

맞은편 자주색 소파 위에 눈처럼 하얀 털을 가진 고양이가 길게 드러누워 있다가 내 눈과 마주쳤다.

고양이는 나를 자세히 보려는 것처럼 고개를 빳빳이 들었다. 이어 몸을 천천히 일으켜서는 이글이글 타는 눈으로 나를 쏘아보았다.

나는 고양이도 무서웠다. 우리 동네 아파트 단지를 어슬렁거리던 고양이에겐 결코 가져보지 않았던 두려움이었다. 고양이뿐만 아니라 소파나 꽃병까지도 두려울 정도로 얼어버렸다.

'오고 싶지 않았어.'

나는 겁을 잔뜩 먹은 열다섯 살 아이에 불과했다.

도무지 알아들을 수 없는 영어, 다르게 생긴 사람들, 낯선 건물과 거리 풍경. 그것들은 내 숨통을 꽉 틀어막았다. 처음 수영을 배울 때, 물속에 머리를 집어넣지 못해 파랗게 질렸던 순간의 두려움이 떠올랐다.

엄마가 왈칵 보고 싶었다. 우리 아파트의 농구장 벤치에 모여 앉아 수다를 떨고 있을 친구들도 그리웠다.

한국인 가디언 아저씨가 이런저런 서류와 함께 나를 두고 가버리자 나는 완전히 혼자가 되었다. 미국 남부의 한적한 이 도시에서 나를 아는 사람은 이제 한 명도 없다는 사실이 공포로 엄습해 왔다. 도망가고 싶다는 생각만 간절해졌다.

나는 거실 한 켠의 의자에 앉아 한낮의 뜨거운 햇볕이 하얀색 격자창문을 거쳐 낡은 피아노 위를 비추는 것만 보고 있었다.

오랜 여행의 피곤함이 삽시간에 몰려왔다. 다리 힘도 빠졌다.

"그만해! 이 나쁜 놈아!"

민희가 얼굴이 벌게져서 소리를 질렀다.

한새는 느끼한 웃음을 입가에 흘리며 민희를 보았다. 민희가 한새를 눈이 튀어 나올 것처럼 째려보았다.

"야! 쟤는 시끄러워 안 된다 했잖아. 자식, 눈치가 없긴."

우리 반 짱으로 군림하고 있는 종현이가 민희를 힐끔거리며 참견했다.

"넌 더 나빠! 나쁜 자식들."

민희가 종현이에게 쏘아붙이고는, 책상 위에 얼굴을 묻고 큰소리로 울기 시작했다.

한새가 민희 등의 브래지어 끈을 잡아당겼다 놓는 새총놀이를 했거나 그보다 더한 짓을 한 게 분명했다. 그건 한새나 종현이가 통상 여자아이들에게 하는 장난이었다.

한새의 이름은 박한새이다. 그러나 반 아이들은 보통 한새를 야한 새나 약한 새로 부른다. 한새는 종현이랑 다니며 야동을 즐겨 본다는 소문이 있는 놈이다. 실제로 교실 뒤에서 몇몇 아이들과 PMP로 야동을 보는 것 같기도 했다. 여자 아이들 치마를 추켜 본다거나 브래지어 끈을 잡아당기는 것은 예사이고 여자 화장실까지 거침없이 드나든다. 언젠가 체육이 든 날, 교실에 있던 여자 아이의 교복을 훔쳐 입고 생쇼를 벌인 적도 있다. 그럴 때의 한새는 야한 새이다가 종현이의 충실한 똘마니로 굴 때는 약한 새이다.

'변태 자식들.'

옆에서 울어대는 민희를 보자 짜증이 치밀어 올랐다.

나는 벌떡 일어나 한새와 종현이를 사납게 훑어보았다.

종현이가 두 눈썹을 꿈틀거리며 '그래서 어쩔래?' 하는 표정으로 맞받아쳤다. 역시 만만치 않은 자식이다.

나는 종현이를 조금 더 쏘아 보다가 그냥 풀썩 자리에 앉았다. 싸움을 해서 시끄러워지는 것이 싫었다. 미국에서 있었던 일이 또다시 재현되는 건 정말 싫었다. 어쨌든 나도 폭력을 쓰는 애가 돼버리는 상황은 만들지 말자.

종현이가 입술을 비틀며 웃었다. 나는 피가 확 끓어올랐지만 꾹 참았다.

어느새 민희의 울음이 뚝 끊겼다.

나는 가방에서 휴지를 몇 장 꺼내 민희의 등을 가볍게 두드렸다. 민희가 심하게 등을 흔들어 손가락을 쳐냈다. 다시 두드리자 획하니 윗몸을 일으켰다. 눈물로 얼굴이 온통 얼룩져 있었다. 휴지를 건넸다. 민희가 토끼 눈처럼 빨간 눈으로 나를 잠시 쳐다보다 휴지를 받았다. 민희는 눈물을 쓱쓱 거칠게 닦고는 팽하고 큰소리로 코를 풀었다. 코푸는 소리에 신경이 쓰였는지 민희가 나를 살며시 쳐다봤다.

내가 웃었다.

민희의 얼굴이 빨개졌다.

"피카소가 그린 '울고 있는 여인'이라는 그림 아니?"

내가 민희에게 물었다.

민희는 무슨 엉뚱한 말이야, 하는 표정으로 바라봤다.

그림 속에서 꽃장식이 달린 빨간 모자를 쓴 여인은 울고 있다. 밤송이처럼 생긴 여인의 눈에서 떨어진 눈물은 모두 네 방울이다. 정확히 네 방울.

"미국에서 미술시간에 그려봤어. 화가들의 그림을 똑같이 따라 그리는 시간에. 이 주일 동안에 걸쳐 그렸는데, 갑자기 널 보니까 생각이 나."

처음엔 황량한 벌판에 서 있는 나무 한 그루가 바람에 마구 흔들리는 그림을 그리려 했었다. 그 그림의 작가가 누구였는지는 까먹었다. 곧 비가 올 것 같이 어두워진 하늘에다 들판 위로 굉장한 소

리를 내며 부는 바람 소리가 들리는 그림이었다. 그 그림도 괜찮았
는데 바꾼 것은 우는 여인의 표정이 마음에 들었기 때문이었다.

여인은, 마치 눈이 금방 튀어 나올 것 같았다. 이빨을 전부 드러
내놓은 채 가운데 턱이 갈라져 보일 정도 온힘을 다해 울고 있었
다. 나는 여인의 울음에 깊은 공감을 느꼈다. 여인의 몸을 비틀어
뚫고 나오는 울음이 나를 휘어잡았다. 나는 그 그림의 제목을 바꾸
어 불렀다. '절실한 위로' 로.

나는 매일 그냥 울고 싶었다. 눈을 뜨는 아침마다 땅 속 깊이 꺼
져버리고 싶었다. 학교에 가는 것이 겁이 났다.

학교 수업은 전혀 알아들을 수가 없었다. 선생님들의 말은 너무
빨랐고 수업 내용은 어려웠다. 문학 수업은 특히 그랬다. 그래도
위안이 되는 시간은 수학수업이었다. 수학 선생님은 과정을 전개
해 풀어낸 내 노트를 신기하다는 듯이 들여다보고 칭찬을 아끼지
않았다.

수학 선생님을 제외하고는 학교에서 내게 관심을 보이는 사람은
아무도 없었다. 나는 그림자처럼 있는 게 오히려 마음이 편했지만
정말로 아무도 알아주지 않는다는 사실에 점점 기가 죽었다.

케빈은 그때 내게 처음으로 관심을 보여준 아이였다. 칙칙한 밤
색 머리에 주근깨가 얼굴 전체에 퍼져 있는 평범한 미국 애였다.
엷은 갈색의 작은 눈이 유난히 반짝여 어쩐지 쥐 같다는 인상을 풍
겼다.

어느 날 내가 무거운 가방을 낑낑거리며 들고 다니는 걸 보고, 케빈이 물었다.

"사물함에 넣어 두지 그래."

"사물함? 무슨 사물함?"

내가 되묻자 케빈은 어이없다는 표정을 짓고는 복도에 있는 사물함으로 나를 데리고 갔다.

"내 것도 있단 말이야?"

"그래. 네가 오랫동안 안 쓰고 있는 거야."

케빈은 학교 오피스에 같이 가서 내 사물함의 열쇠를 받아내 주었다. 나는 갑자기 눈앞이 환해지는 것 같았다. 캄캄한 바다에서 등대를 발견한 것 같은 느낌이 들었다.

그 후부터 나는 어려운 문제가 생기면 케빈에게 물었다. 케빈은 친절하게 잘 대해 주었다. 게다가 케빈은 성실해서 학교에서도 인정받는 아이였다.

어느 날, 케빈이 내게 제안을 했다.

"우진, 넌 수학 천재야. 난 공부를 꽤 잘하는 편인데도 수학은 암호문이야. 골치 덩어리라고. 네가 가르쳐주면 안 될까?"

케빈은 할아버지와 둘이서만 살고 있었다. 케빈의 할아버지는 가구점 점원인데 늙었고 당뇨병까지 있었다. 형편이 좋지 않은 케빈은 방 두 칸짜리 아파트에 살고 있었다.

"난 여기서 하루빨리 벗어나고 싶어. 그게 내가 공부를 잘해야 되는 이유야."

나는 주말이면 케빈 집에 갔다. 케빈에게는 내가 수학을 가르쳐 주고, 케빈은 내가 어려워하는 문학과 미국사 같은 사회과목을 가르쳐 주었다.

케빈 때문에 나의 학교생활은 안정되기 시작했다. 학교 정보를 케빈에게 들을 수 있어 어떤 일에 어떻게 대처해야 하는지, 미리 무엇을 해 놔야 낭패 보지 않는지 그런 중요한 것들은 큰 도움이 되었다.

케빈의 아파트는 이십 년은 넘어 보일 정도로 낡았는데 단지가 크지 않고 조경을 잘 해 놓아서 아늑해 보였다. 내가 케빈에게 공부하러 가는 토요일 저녁마다 케빈네 이웃들은 케빈의 아파트 현관 앞의 아늑한 잔디밭에 모여 들고는 했다. 그들은 초록색 플라스틱 테이블 위에 간단한 안주를 놓고 둘러앉아 맥주를 마시며 떠들어댔었다. 이웃들은 장거리 트럭 운전사, 바퀴벌레 소독해주는 사람, 음식점 종업원들이었다. 가끔은 히스패닉처럼 보이는 사람이 합류하기도 했다. 할아버지 또래뿐만 아니라 젊은 사람들도 여럿 있었다. 할아버지는 대단한 수다쟁이였다.

우리는 부엌식탁에 앉아 공부를 했는데 밖의 왁자지껄한 소리가 창문을 타고 들어오고는 했다. 나는 그들의 빠른 말을 알아듣지는 못했지만 유쾌하게 주고받는 대화와 웃음소리가 좋았다. 젠 아줌마가 바이올린 연습을 할 때는 빼고 거의 무거운 정적에 싸여있는 마이크 아저씨네 집보다 사람 사는 냄새가 나서 좋았다. 그 시끌벅적한 무질서는 내 기분을 끌어올려주고 편안하게 해주는 데가 있었다.

내가 가끔씩 귀를 기울이고 듣고 있으면 그는 약간 부끄러운 표정으로 '미안해' 라고 했다. 내가 '천만에 난 저 소음이 좋아' 라고 하면 케빈은 어깨를 으쓱해 보였다. 케빈은 그들의 목소리가 갑자기 커지거나 한꺼번에 쏟아지는 웃음소리로 시끄러울 때면 얼굴을 찡그렸다.

케빈의 수학은 좀처럼 나아지지 않았다. 케빈은 수학적 사고력이 부족했다. 가르치는 기술도 없는데다 영어도 부족한 내가 케빈을 끌어주는 것은 무리였다. 케빈은 이미 지난 번 1차 시험에 C를 맞아 이번 시험에 적어도 A-는 맞아야 하는 상황이었다. 수학 때문에 절망하는 케빈을 보며 나는 미안했다.

"우진, 정말 이래서는 안 되는데 몇 문제만 답을 보면 안 될까. 난 적어도 B이상은 얻어야 돼."

수학시험을 보는 날에 케빈이 부탁을 했다.

위험한 일이었다. 함정에 빠진 기분이었다. 단번에 거절했어야 했는데 그러지 못했다. 절박하고 곤혹스런 케빈의 표정을 보고 차마 외면할 수 없었다. 분명히 따져보면 그건 케빈을 돕거나 불쌍히 여겨 그랬던 게 아니었다. 내가 거절하면 케빈이 다시는 아는 체도 하지 않을 것 같아 불안했다. 그건 발각될지도 모른다는 두려움보다도 더 강력한 것이었다.

결과는 불행했다. 수학선생님이 우리 두 사람의 답안지에서 어떤 공통점을 발견해냈다. 나는 케빈과 함께 조용히 불려갔다. 우린 함께 F를 받았다.

우리 둘 다 학교의 신뢰를 잃었다. 나는 조금 더 치명적이었다. 내 입장을 변호할 만큼 영어가 유창하지 못했다. 그러나 그것보다도 케빈의 입장을 고려해서 케빈에게 불리한 말은 하지 않으려고 애썼기 때문이었다. 나는 케빈이 할아버지와 사는 집을 얼마나 혐오하는지 알고 있었고 케빈의 야망을 이해했었다. 수학 선생님은 커닝 사건 이후 나한테 드러내놓고 냉정하게 굴었다. 그래도 나는 케빈이 있으므로 상관없다고 생각했다.

그런데 케빈은 나를 피했다. 나는 케빈이 내 얼굴을 볼 때마다 괴로워서 그러는 거라고 생각하려 했다. 조금 지나면, 좀 잊게 되면 예전처럼 지낼 수 있지 않을까. 나는 기다렸다. 기다리다 지친 내가 여러 차례 말을 붙이려 했지만 그는 외면해버렸다. 나는 비로소 내가 케빈에게 무가치한 존재라는 것을 깨달았다. 내가 위험을 무릅쓰고 지키려한 우정은 사실 아무것도 아니었던 것이다. 그렇게 우리는 끝나버렸다. 우리 사이에는 졸렬함과 배신감만 녹아버린 아이스크림처럼 흘러내려 끈적였고.

다시 나는 케빈 이전의 생활로 돌아왔다.

나는 아침 일곱 시면 집 앞에 우두커니 서 있다가 스쿨버스를 탔다.

　가끔씩 비 오는 날엔 큰 나무 밑에서 우산도 쓰지 않은 채 비를 조금씩 맞으며 스쿨버스를 기다렸다. 그리곤 오후 세 시까지 벙어리나 귀머거리처럼 앉아 있었다. 하루는 지우개와 놀고 다음 날은 의자와 놀고 또 다른 날은 벽과도 놀았다.

　사물함의 열쇠를 구멍에 넣고 돌릴 때마다 가슴을 후벼 파는 것처럼 아팠다.

　"내가 던진 걸 봤어? 봤냐구."

　한새가 죽일 듯이 달려들며 상수를 윽박질렀다.

　"니가 던지고 웃는 걸 다 봤어. 인마."

　상수가 다른 때와는 다르게 당차게 대들었다.

　교실이 일시에 조용해졌다. 평소의 상수라면 저런 용기가 없을 테인데. 무언가 다른 일로 기분이 상해 있었을까. 나는 상수가 걱정이 되었다.

　지우개를 상수 뒤통수에 던진 사람은 종현이었다. 머리를 맞은 상수가 잔뜩 화가 난 표정으로 뒤를 돌아보는 것을 나는 다 보고 있었다. 그때 상수는 킬킬거리며 웃는 한새를 본 모양이었다. 종현이는 일부러 딴 짓을 하고 있었다.

　"종현아, 얘가 생떼를 쓴다. 니가 말 좀 해라."

　한새가 종현이를 건네 보며 건들거렸다.

"내가 그랬어. 그래서 어쩐다고?"

종현이가 눈을 치떴다.

상수의 얼굴이 일그러졌다.

"들었지? 뭘 제대로 알고 까불어."

한새가 말끝에 힘을 주더니 상수에게 달려들었다. 한새는 상수의 뺨을 먼저 두 차례나 쳤다. 그리고는 닥치는 대로 때리기 시작했다. 마치 샌드백을 두드리는 권투 선수 같았다. 한새의 무서운 기세에 아무도 끼어들어 말리지 못했다. 상수는 두 손으로 얼굴을 가리고 일방적으로 맞고만 있었다. 기어이 상수의 코에서 피가 터져 흘러내렸다.

아, 이건 아닌데……. 때리고, 맞고, 소리 지르고. 얘네 지금 뭣하는 거야?

"그만 해! 그만 하란 말이야."

나도 모르게 소리를 질렀다.

이건, 더 이상 봐 넘길 수가 없어. 나는.

힘이 세다고 함부로 타고 주무르고 구석에 몰아 남의 영혼까지 파먹는 나쁜 자식들. 브랜든의 면상을 갈겨주었던 손이 부르르 다시 떨었다.

한새가 픽하고 비웃었다.

"낙오자 새끼가 잘난 척 하는 걸 봐줬더니 또 뭐야?"

한새가 나를 가소롭다는 듯이 훑어보았다.

종현이가 옆에서 미친 듯이 킬킬거렸다.

낙오자란 나를 가리키는 말이다. 나이가 자기네들 보다 많은데도 이 교실에 앉아있다고 비아냥거리는 것이다.

참을 수 없는 분노가 그 말에 불을 댕긴 것처럼 폭발했다. 나는 번개처럼 달려들어 한새의 멱살을 틀어쥐고 목을 졸랐다. 어릴 때부터 다져온 합기도 실력이 발휘되었다.

한새는 입만 살았는지 기술 몇 번 들어가자 쉽게 내 손아귀에서 벗어나지 못했다. 버둥거리는 한새의 팔을 비틀어 교실바닥에 꿇렸다. 한새가 머리를 이리저리 흔들며 강하게 저항했다. 팔에 힘을 주자 한새가 비명을 질렀다.

종현이의 웃음이 그쳤다.

종현이는 한새를 편들지 않고 굳은 표정으로 우뚝 서 있었다.

"이 유치한 자식아. 앞으로 한 번만 더 주먹질을 했다간 죽을 줄 알아!"

팔을 더 세게 죄자 한새가 에구구구 다 죽어갈 듯이 비명을 지르며 고개를 끄덕였다.

나는 그때서야 팔을 풀어주었다.

"존나 더러운 새끼!"

한새가 욕을 하며 밖으로 달아났다.

나는 종현이를 째려보았다.

"제법인데. 오늘은 네 솜씨 감상한 날로 치자. 앞으로 조심해라.

나이 많다고 깝칠 생각은 마. 그때는 정말 국물도 없다."

종현이가 봐준다고 거들먹거린 후 엄포를 놓았다.

나는 어이가 없어 콧방귀로 대답해주었다.

"짱인데?"

내가 자리로 돌아와 앉자 민희가 책상 밑으로 오른쪽 엄지를 살짝 내밀었다.

나는 말없이 어깨를 으쓱해 보였다. 좀 창피했다. 조무래기들을 상대로 뻐긴 것 같아 얼굴이 홧홧 거렸다.

"쟤네들은 혼 좀 더 나야해."

민희가 지난번 당한 일이 떠오르는지 종현이 쪽을 향해 눈을 흘겼다.

우리는 서로 마주보고 아주 짧게 웃었다.

마이크 아저씨는 은행원이었다. 그는 엄격했고 모든 일을 정확히 하는데 길들여진 분이었다. 요리는 젠 아줌마보다는 주로 마이크 아저씨가 했다. 마이크 아저씨는 주말에는 거르지 않고 맛있는 음식을 만들어 주었다. 주방에는 마이크 아저씨만 쓰는 프라이팬과 냄비가 따로 있었다. 손잡이까지 스테인리스 스틸로 되어있는, 무겁지만 척 보기에도 근사한 것들이었다. 열 개도 넘는 그것들은 주방 벽에 주렁주렁 매달려 있었다.

"아저씨는 요리사인가요?"

유학 오기 전에 아저씨가 보내온 이메일에는 은행원이라고 했는데 의아했다.

"내가 요리사로 보이니?"

아저씨가 되물었다. 내가 고개를 끄덕이자 아저씨는 활짝 웃으며 아주 만족해했다.

"우진, 난 알고 있다. 네 나라에서 남자들은 요리를 하지 않는다지? 그러니 네 눈에 내가 요리사로 보이는 거야. 난 요리하는 것을 즐긴단다."

아저씨가 요리를 하는 날은 반드시 아저씨가 설거지를 했다.

"어떤 면에서 나는 아주 까다로운 사람이야. 특히 내 주방기구들을 막 쓰는 것은 정말 싫어하지."

아저씨는 언제나 광이 번쩍번쩍 날만큼 공을 들여 요리 기구들을 닦은 후 다시 벽에 걸어두곤 했다. 그것들은 언제 보아도 새 것처럼 보였다.

이러니 젠 아주머니도 마이크 아저씨의 요리기구들은 만지지 못했다. 그것들은 마이크 아저씨가 가장 집착하는 물건임에 틀림없었다.

깐깐한 은행원답게 마이크 아저씨는 무엇을 만들든지 딱 먹을 만큼만 만들었다. 아저씨는 계량컵과 계량스푼으로 양을 정확히 재서 요리했다. 먹고 남는 것을 실수로 생각할 정도로 아저씨는 남은 음식을 혐오했다.

아저씨는 멕시코 또띠야를 제일 잘 했다. 별로 맛있다는 생각이 들지 않았지만 나는 언제나 '맛있네요'라고 말했다. 그렇지 않으면 아저씨가 엄청 자존심 상할 것 같아서였다. 시간이 지나도 아저씨가 만든 또띠야 맛은 별로 좋아지지 않았다. 쉽게 적응되지 않는 맛이었다.

하지만 부엌에서 퍼져 나오는 음식 냄새만은 좋았다. 아저씨가 주방에서 만들어 내는 음식 냄새를 맡고 있으면 나는 끝없이 편안해졌다. 어떤 따뜻한 위로를 받는 느낌이 들었다. 그것은 잠시지만 내가 먼 나라에 와 있다는 것을 잊게 해 주었다.

커닝 사건 이후 나는 우울증에 빠졌다.

우리나라 가디언 아저씨가 마이크 아저씨와 젠 아줌마의 집을 방문했다. 가디언은 내 상태를 염려해서 학교와 집을 차례로 방문하고 있다고 했다. 마이크 아저씨와 젠 아줌마는 케빈 때문에 상심한 내 마음을 이해하고 있다고 말했다.

가디언 아저씨와 단둘이 있게 되자 난 눈물이 나왔다. '집에 가고 싶니?'라고 아저씨가 물었다. 그때 난 이상하게도 '모르겠어요'라고 대답했다. 혼자이고 힘들다는 생각을 해왔으면서도 왜 쉽게 미국생활을 포기하지 못했는지 지금도 그건 알 수 없다. '포기하고 돌아가면 쪽팔릴 거야'라는 생각도 있었지만 그것보다는 나를 끝까지 밀어붙여보고 싶은 마음이 있었던 것 같다. 가디언 아저씨는 '넌 해 낼 거다'라고 내 머리를 쓰다듬어 주었다.

마이크 아저씨는 '요리를 함께 하자', '마당의 잔디에 물을 주자' 며 번번이 나를 끌어내 함께하려 애를 썼지만 나는 되도록 아저씨와 아줌마의 눈에 띄지 않도록 내 방에 틀어박혀 있었다. 나는 케빈에게 버림받았던 것과 같은 경험을 또다시 하고 싶지 않았다. 갑자기 등을 돌려버리지 않을까 하는 두려움은 나를 긴장하고 겁을 먹게 하였다.

어느 날 내 방의 열린 문 사이로 브리트니가 들어왔다. 뜻밖이었다.

브리트니는 무언가를 찾는 듯 이리저리 방안을 돌다 내게 가까이 다가왔다. 브리트니는 거실에서 보통 자고 있거나 아니면 지하실에 있는 젠 아주머니의 연습실 안에 있었다. 집안을 많이 돌아다니지 않는 게으른 고양이었다.

젠 아줌마는 시립오케스트라단의 바이올린 연주자여서 매일 오후에는 연주회에서 공연할 곡을 연습했다. 아줌마가 연습하는 동안 브리트니는 보통 연습실을 지켰다. 나는 연습실 바로 위의 내 방에서 마치 CD에서 흘러나오는 것 같은 바이올린의 선율에 빠지곤 했다. 나와 브리트니의 공통점은 아줌마의 청중이라는 사실이었다.

나는 지금도 바이올린과 미간의 주름을 동시에 떠올리곤 한다. 젠 아줌마 때문이다. 바이올린을 켤 때면 아줌마 이마에는 세로로 두 줄의 주름이 깊게 패어지곤 했다. 나는 그 주름이 보기 좋았다.

미간의 주름은 젠 아줌마가 바이올린에 온힘을 다 바쳐 얻은 징표로 여겨졌다. 나는 그 즈음 내 안에 구멍이 뻥 뚫려 있다는 생각을 자주했다. 난 어떻게든 그 구멍을 없애보고 싶었다. 젠 아줌마의 바이올린 같은 것이 내게 필요했고 그것을 현실에서 발견하기에는 내가 너무 부족했다. 그래서 젠 아줌마가 나는 좋았다. 언제나 심각한 표정을 짓고 있어서 가까이 하기에는 버거운 분이었지만 아줌마는 내 안의 구멍을 들여다 볼 수 있는 어떤 거울이 되어주었다. 그것만으로도 충분히 좋은 사람이었다.

브리트니는 내 주변을 뱅뱅 돌았다.

나는 브리트니의 의도를 알 수 없어서 눈으로 좇았다.

브리트니는 책상 위를 힐끔거리며 계속 왔다 갔다 하더니 마침내 결심한 듯 책상 위로 훌쩍 뛰어 올랐다.

책상 위에는 엄마가 보내 온 새우깡 과자 봉지가 놓여 있었다. 어쩌면 과자에서 나는 새우 냄새를 맡고 방에 들어왔는지도 몰랐다.

"아! 넌 새우깡을 먹고 싶은가 보구나."

나는 재빨리 새우깡을 봉지에서 꺼내 흩어 놓았다.

브리트니가 냄새를 맡아보고 잠시 망설이다 새우깡을 핥았다. 나는 고양이를 숨을 죽이고 지켜보았다. 브리트니는 몇 번 핥더니 곧 흥미를 잃어버리고 새우깡에서 입을 떼버렸다.

브리트니가 안절부절 못하고 책상 위를 왔다 갔다 하였다. 무언가 불안한 느낌이 전해졌다. 방바닥을 내려다보며 브리트니가 귀를 쫑긋거렸다.

아래층에서 젠 아줌마의 바이올린 소리가 들려왔다.

브리트니는 눈을 이글거리며 야옹거렸다.

"브리트니, 음악 들으러 갈 거야? 음악을 들을 줄이나 아는 거야?"

브리트니가 내 방에 들어와서인지 나는 좀 흥분해 있었다. 그래서 평소에는 창피해서 하지도 않던 미국식 발음으로 브리트니의 이름을 불러보았다. '브릿' 하고 아주 짧게 올렸다가 급하게 '니'로 마무리 하는.

브리트니가 내 말을 알아들은 것처럼 동작을 멈추고 나를 올려다보았다.

나는 브리트니의 등에 손을 조심스럽게 올렸다. 브리트니가 가만히 있었다. 내가 머리 쪽에서 등으로 길게 살살 쓰다듬자 브리트니는 눈을 지그시 감았다. 나는 용기를 내 안았다.

순간 브리트니가 버둥거리며 아래쪽으로 고개를 쳐 박았다. 힘이 셌다. 의자에 앉아있던 내 몸이 방바닥으로 쏠리는 순간 버둥거리던 브리트니가 내 품에서 빠져 나갔다. 브리트니는 쏜살같이 열린 문틈으로 사라져버렸다.

잠시 후 젠 아줌마의 바이올린 소리가 멈췄다가 다시 이어졌다.

"브리트니는 뭘 좋아하나요?"

내가 저녁식탁에서 물었다.

마이크 아저씨는 흥미로운 표정으로 나를 보았다.

"새우를 좋아하나요? 생선 같은 것도요?"

"브리트니는 사료만 먹는단다. 그것도 아주 조금. 까다로운 편인데 브리트니가 앓고 있어서 그럴 거야. 평형감각에 이상이 있다는구나."

마이크 아저씨가 말했다.

"그래서 높은 데서는 뛰어 내리지 못해."

젠 아줌마가 덧붙였다.

"고양이가 뛰어내리지 못한다고요? 올라갈 수는 있나요?"

"올라가는 데는 문제가 없어. 관절염이 있어서 아주 높은 데까지 잘 올라가지는 못하지만. 내려오지를 못하는 거지. 그럴 때는 도와줘야 해."

나는 책상 위에서 내려오지 못해 안절부절못하던 브리트니를 생각하고 고개를 끄덕였다.

"늙어서 그런가요?"

나는 관절염으로 밤새 앓던 할머니를 떠올리며 물었다.

"그래. 그런 셈이지."

"가여워요."

할머니는 수술을 했는데도 잘 걷지 못하고 돌아가셨다.

내가 무언가에 관심을 갖는 것에 기뻤는지 마이크 아저씨와 젠 아줌마의 표정이 밝아졌다.

"우진. 우리는 너를 돕고 싶단다. 네가 많이 힘든 건 알고 있어. 우리는 네가 …… 조금만 가까이 왔으면 좋겠구나."

마이크 아저씨가 내 눈을 바라보며 말했다. 진심이 넘치는 표정이었다.

"참, 토이잘러스에 할로윈 옷을 고르러 가지 않을래?"

화제를 돌리듯 젠 아줌마가 말했다. 학교에서 다음 주 금요일에 할로윈 의상을 입고 독서 행사를 벌인다는 것을 아줌마가 기억했다.

"그냥 셔츠와 바지를 입고 가고 싶어요. 괴물이 되고 싶진 않아요."

할로윈 의상을 입고 떠들썩하게 장난치고 농담할 친구가 없었다. 보기에도 끔찍한 괴물이 되어서 혼자 우두커니 바보처럼 있고 싶지 않았다. 차라리 끼지 않는 게 나았다. 그들의 소동에.

"오! 우진. 그렇게 생각하다니."

젠 아줌마의 입에서 낮은 한숨이 새어나왔다. 나는 먹던 것을 멈추고 말았다. 입안에 가득 쓰디쓴 침이 고였다.

그날 밤, 나는 불 꺼진 내방의 침대에 눈을 뜬 채 오랫동안 누워 있었다. 불을 껐는데도 달빛으로 방이 환했다. 잠이 오지 않았다. 배가 고프기도 했다.

침대에서 일어나 창밖을 내다봤다. 하늘에 보름달이 높이 떠 있었다. 정원의 잘 깎여진 잔디가 달빛을 받아 푸르게 빛났다. 키 큰 정원수들이 길쭉길쭉 그림자를 만들고 있었다. 나는 내방 바로 앞에 서 있는 삼나무의 시커먼 그림자를 눈여겨봤다. 이른 아침이면 새들이 떼 지어 우는 나무였다. 이방에서 처음 잔 날 이른 아침에 들려온 시끄러운 소리에 얼마나 놀랐던가! 그건 호로롱호로롱 하는 소리도 아니고 짹짹 하는 소리도 아니고 수십 마리의 새가 한꺼번에 질러대는 아우성이었다.

혹시 새들이 나뭇가지에 깃들여 있다면 달빛에 보일 것도 같았다. 그러나 창밖의 나무는 시커먼 덩어리로 보일 뿐이었다. 새들은 밤새 어디에 있는 걸까. 나는 새들이 나뭇잎 아래에서 잠자는 모습을 떠올렸다. 불현듯 새들이 어디에 있는지 확인하고 싶었다.

가만히 현관문을 열고 앞마당으로 나왔다.

달빛이 눈부시게 부서져 내리고 있었다. 하늘을 올려다보았다. 달이 멀리 있었다. 엄마와 아빠가 멀리 있는 것처럼 달도 멀리서 차갑게 빛났다.

한참을 보고 있는데 무언가 뭉클한 것이 다리에 감겼다.

브리트니였다.

"브리트니, 이 시간에 왜 여기 있는 거야? 어떻게 나왔어?"

내가 문을 열어 두고 나왔는지 싶어 현관문 쪽으로 돌아보았다. 문은 닫혀 있었다.

"달빛이 좋아서 나왔지. 너도 그런 거 아니야?"

누군가가 말을 했다. 깜짝 놀라 사방을 둘러보았다.

아무도 없었다.

브리트니가 나를 빤히 올려다보았다.

"너야? 네가 말을 했어?"

"그래. 사실은 말도 하고, 춤도 추고, 높은 데서 뛰어 내릴 수도 있어."

브리트니가 잔뜩 점잔을 빼면서 목소리에 힘을 주었다.

나는 입을 벌리고 다물지 못했다. 세상에 이런 일이 가능한 거야? 꿈을 꾸고 있는 건지도 몰라 오른쪽 볼을 꼬집어봤다. 꿈이 아닌 게 분명했다.

"뭐라구? 넌 평형감각에도 문제가 있고 관절염도 있잖아. 말을 한다는 건…… 말도 안되지만 믿을게."

"젠 아줌마가 나를 병이나 든 형편없는 고양이로 말씀하셨다는 거군."

브리트니가 기분 나쁜 어투로 투덜거렸다.

"정말 높은 데서 뛰어 내릴 수 있다면 왜 높은 곳을 무서워하는 거야?"

"무서워한다고?"

브리트니는 못마땅해 코를 실룩였다. 화도 조금 난건지 구슬덩이 같은 눈이 어둠 속에서 더욱 빛났다.

"그건 오히려 네 모습 같은데? 널 처음 보았을 때, 교실 피아노 앞에 서 있는 넌 잔뜩 얼어있었어. 촌닭처럼."

'촌닭?'

정곡을 찔려 나는 금세 풀이 죽었다.

"그렇다고 너무 낙심할 필요는 없어. 그게 너니까. 달라지고 싶다면 도와줄 친구는 어디에나 있을 거야."

케빈이 생각나 씁쓸했다. 잠시 스쳐간 내 슬픈 표정을 놓치지 않고, 브리트니가 목소리를 고쳐 부드럽게 말했다.

나는 우스웠다. '고양이 주제에 누구에게 지금 충고를 하는 거야?'

"난 아무하고도 친구가 되고 싶지 않아. 걔네들은 다 썩었어. 학교도 구리고."

내가 쏘아붙였다.

"흠. 꽤 병이 깊군. 짐작은 했지만 말이야."

"겉으로만 친절한 척 하는 사람들한테 질렸어. 모두 이기적이고 위선자들이야."

"아웃사이더들이 그렇게 말하는 경향이 있지."

"날 놀리는 거야? 그래, 난 얼굴이 노란 외국인인데다가 바보같이 유치원생이나 쓰는 말로 더듬거리지. 아웃사이더야. 그래도 썩은 놈들과 어울리느니 차라리 아웃사이더로 있는 게 더 나아."

나는 눈물이 날 것 같았다. 갑자기 그동안 가슴 속에 쌓여있었던 것이 밀려나왔다.

"아웃사이더들의 공통된 특징은 그런 사람들을 비난하면서도 섞이고 싶어 하지. 안 그래? 촌닭."

브리트니가 한숨을 쉰 후 나를 보았다. 슬픈 눈이었다.

"너도 아웃사이더인거야? 브리트니?"

브리트니의 수염이 가볍게 움찔거렸다. 보기보다 소심한 고양이라니. 나는 점잖은 척 하면서 소심한 브리트니가 마음에 들었다.

"너도 아웃사이더구나. 브리트니."

"그래서 친구도 될 수 있겠지. 촌닭."

나는 브리트니의 눈을 들여다보았다. 이글이글 타는 눈이 어둠 속에서 파란 빛으로 빛났다. 나는 울고 싶어졌다.

"울고 싶을 때는 우는 것도 좋아."

브리트니가 조용히 말했다.

"넌 마음을 읽을 줄 아는 구나."

내가 브리트니를 안았다. 브리트니의 따뜻한 체온이 얇은 파자마를 통해 배와 팔에 전해졌다. 브리트니는 얌전히 있었다. 머리에서 등으로 털을 죽 쓰다듬어 주었다. 브리트니가 앞발을 앞쪽으로 쭉 펴고 머리를 묻었다. 나는 브리트니와 함께 현관 문 앞의 계단에 앉아 오랫동안 맛보지 못한 편안함을 느꼈다.

"브리트니, 넌 높은 데서 뛰어내릴 수 있다지만 지난번 내 책상 위에서 뛰어내리지 못하는 것 같았어."

"글쎄. 그렇군……. 그래."

브리트니가 분명치 못한 목소리로 웅얼거렸다.

"브리트니. 졸린 거야? 이제 들어가야겠어."

바람이 불어왔다. 조금 쌀쌀했다. 나는 갑자기 한기가 느껴졌다.

브리트니가 천천히 일어나 등뼈를 쭉 폈다.

나는 현관문을 열었다. 브리트니가 따라 들어오지 않아 밖을 내다보았지만 어느새 사라지고 없었다.

나는 살금살금 발소리를 죽여 걸었다. 계단 앞에 젠 아줌마가 잠옷차림으로 우뚝 서 있었다. 문고리 잠그는 소리를 들었나 보다.

"이 밤중에 웬일이니? 우진"

자다 깨서 그런지 젠 아줌마가 쉰 목소리로 물었다.

"물이 먹고 싶었어요."

나는 얼른 내방으로 들어왔다.

달빛이 방안에 가득 흘러들어와 침대와 책상과 우리 가족 사진액자가 선명히 드러나 보였다. 여태 내가 자고 공부하던 방인데 낯설었다. 나는 이상한 기분에 휩싸여 창가로 다가가 달빛이 넘치는 한밤중의 정원을 내다보았다. 사방을 꼼꼼히 보았지만 브리트니로 여겨질 만한 조그맣고 하얀 덩어리는 보이지 않았다. 나는 한참동안이나 꿈을 꾼 것만 같아 멍하니 서있었다.

그러면 그렇지 예상했던 대로 종현이와 한새는 못 말리는 아이들이었다. 구멍가게에서 그들이 하는 짓을 확인한 것은 우연이었다. 수업이 끝나고 집에 돌아가는 길이었다. 목이 말라 근처 구멍가게에 들어갔다. 슈퍼라는 간판이 붙긴 했지만 구멍가게에 더 가까운 상점이었다. 가게 안에는 종현이와 한새가 있었다. 종현이는 계산

대 쪽에 서 있었고 한새는 아이스크림 냉동고 앞에 있었다.

어디 아파트에 사나? 둘의 집이 우리 집과 같은 방향인 것 같았다. 하교 길에 애들을 만나는 것은 별로 반갑지 않다. 나는 반갑지 않은 마주침에 그냥 나가버리고 싶었다. 그러나 걔네들을 보고 싹 나가는 것도 이상해서 입구에서 어정쩡하게 서버렸다.

종현이가 나를 흘깃 보더니 묘한 웃음을 입가에 밀어 올렸다.

'건방진 자식' 나는 속이 부글거리는 것을 눌러 삼켰다. 그리고는 기 싸움이라도 할 것 같이 눈을 똑바로 뜨고 쳐다봐줬다.

종현이는 내게 다시 웃음을 지어 보인 다음 재빠른 동작으로 계산대 위에 올려놓은 과자봉지를 아저씨 쪽으로 밀어 떨어뜨렸다. 뚱뚱한 슈퍼 아저씨가 둔한 몸을 천천히 움직여 과자를 주우려 몸을 수그렸다. 종현이가 재빨리 한새 쪽을 쳐다봤다.

한새는 허겁지겁 아이스크림 냉동고에서 아이스크림을 몇 개를 꺼내 신발주머니에 주워 담았다. 아주 짧은 시간이었다. 아저씨가 다시 몸을 일으켰고, 종현이가 때맞춰 호주머니에서 천 원짜리 지폐를 냈다. 아저씨가 계산서를 찍을 때 한새가 가게 문을 열고 나갔다.

'세상에!' 입이 벌어졌다.

종현이가 과자봉지를 들고 나가며 나를 향해 의기양양한 웃음을 던졌다.

나는 목마르다는 사실도 잊은 채 멍하니 쳐다봤다.

한참 후에 스포츠 음료를 꿀꺽꿀꺽 한꺼번에 마신 후 가게 쓰레기통에 던지고 나와 천천히 걸었다. 새로 지은 원룸이 모여 있는 골목을 지나자 낡은 연립 입구에 종현이와 한새가 서 있는 것이 보였다. 손에 아이스크림을 들고 있었다.

'더러운 자식들.'

나는 눈도 주지 않고 빠른 걸음으로 지나치려 했다.

종현이가 나를 가만둘 리 없었다. 큰소리로 나를 불렀다.

"야! 아이스크림 하나 먹을래? 덥잖냐."

종현이는 뚜껑을 따서 빨아먹는 아이스크림을 쪽쪽 빨아 보였다. 일부러 더 큰 소리를 내는 것 같았다. 한새는 지난번 굴욕이 생각났는지 나를 계속 째려보았다.

"……."

"쪼다 같은 새끼. 쫄기는."

내가 말이 없자, 둘은 걔네들의 도둑질에 질려 내가 겁이 잔뜩 났을 거라고 생각했는지 킬킬거리고 웃었다. 나는 거칠어지는 숨을 참으며 그들의 손에 들린 아이스크림만 노려보았다.

"싫으면 관두고. 야! 낙오자, 꺼져라."

"뭐라구?"

나는 빽 소리를 질렀다. 또 그 소리. 절대로 용납할 수 없는 낙오자라는 말. 이럴 때 뚜껑이 열린다고 하는 거다. 내가 주먹을 불끈 쥐고 달려들려는 참이었다.

종현이가 나를 건너뛰어 나 뒤에서 어지럽게 뛰어오는 소리 쪽을 보았다.

"야, 늦지 말라고 했잖아."

한새가 모르는 아이 두 명에게 퉁명스럽게 말했다. 둘 다 똑같이 머리는 덥수룩하게 길렀고 교복 바지통을 줄여 내복같이 딱 붙게 입었다. 한새의 통박에 두 아이는 숨을 몰아쉬면서 어색하게 웃었다.

"하, 새끼. 빨리 꺼져! 우리 바빠."

종현이가 사나운 눈초리로 쏘아보며 내가 귀찮다는 듯 재빨리 말했다.

네 명의 아이들은 순식간에 우르르 달려 공터 옆에 있는 연립 건물로 사라졌다.

나는 닭 쫓던 개처럼 멍청히 그들이 사라진 연립 앞에 섰다.

'재건축 조합원의 성원에 보답하겠습니다. 낙원건설' 이라고 쓰인 커다란 플래카드가 연립 건물의 전면에 걸려 있었다. 연립 건물은 여기저기 금이 가고 페인트가 벗겨져서 폐허처럼 보였다. 입주민들이 모두 철거하고 빈 건물인 게 분명했다. 공터 쪽까지 여기저기에 찢어진 소파, 깨진 화분, 살이 드러난 우산 같은 쓰레기들이 아무렇게나 나뒹굴고 있었다. 사방은 아무도 없는 듯 조용했다.

나는 입술을 꾹 다물고 플래카드를 노려보다가 달려서 언덕을 올라갔다. 언덕 위에서 내려다보니 연립건물 네 동이 약간 경사진 언덕의 아랫부분에 서 있었다. '언젠가 저놈을 발라버려야 돼!' 나는 종현이를 떠올리며 땅바닥에 침을 퉤하고 연신 뱉었다.

"수치심을 버려야 돼. 촌닭."
브리트니가 고개를 흔들며 단호하게 말했다.
"그게 말처럼 쉬운 일이 아니야. 가슴 속에 있던 수많은 말들이 내가 입을 여는 순간 어디론가 다 달아나버리고 벙어리와 똑같다고 느껴 절망한 적 있어?"
나는 시무룩해져서 얼굴을 무릎 위에 묻었다.
브리트니와 나는 현관 앞 계단에 앉아 정원을 내려다보고 있는 중이었다.
"말은 그다지 중요하지 않아. 눈빛이나 몸짓이 더 중요하지."
"그걸로 생각을 다 전할 수는 없잖아. 난 내 생각을 다 말하고 싶어. 진짜 나를. 내가 바보가 아니고 걔네들이 생각한 것만큼 얼뜨기도 아니라는 걸 증명하고 싶다고."
학교 아이들은 내가 말을 안 하고 있으니까 아예 무엇을 하던지 내 의견은 묻지도 않고 무시하고 넘어갔다. 그럴 때마다 내가 받는 모멸감은 이루 말할 수 없을 정도였다. 성질 같아서는 그들에게 와락 덤벼들어 패버리고 싶은 마음이 울컥울컥 들었다. 잘 나지도 못한 놈들이 외국인이고, 유색인종이라고 내놓고 멸시하는데 그걸 아무 말 않고 받아들이는 것은 대단한 인내심이 필요했다.

"말로? 시간이 많이 걸릴 걸. 다른 방법을 생각해야지."

"어떻게?"

"음…… 그렇지. 네가 잘하는 것이 무언지 생각해봐. 그걸 보여주면 적어도 바보는 아니라고 생각할 거 아냐?"

"그렇겠지만 난 잘하는 게 하나도 없어. 공부도 못하고 운동도 못하고……."

내가 한숨을 내쉬자 브리트니가 오른쪽 앞발을 내밀어 맨발인 내 발가락을 톡톡 쳤다.

"넌 지나치게 심각해. 많은 사람들이 너랑 같은 문제를 가지고 고민할 거야. 그렇지만 너처럼 자기 자신을 심하게 비난하지는 않아. 넌 심해. 지나쳐. 촌닭."

브리트니가 걱정이 가득한 눈빛으로 나를 깊숙이 바라보았다.

"그럼 넌 네 자신이 어때?"

"썩 괜찮지. 지적이고 분별력 있고 또 무엇보다도 난 낭만적이야. 난 삭막한 자식들은 싫어. 내가 제일 싫어하는 놈은 음악을 들을 줄 모르는 놈들이야. 음악을 듣지 않는 놈들은 대개 무엇이든 귀를 기울일 줄 모르지. 그렇게 생각지 않아?"

하긴 맞는 말이다. 브리트니와 나의 공통점이 있다면 그건 젠 아줌마의 바이올린 연주를 즐겨 듣는다는 것이다. 젠 아즘마는 오케스트라에서 연주할 곡을 주로 연습하지만 가끔씩 귀에 익숙한 곡들을 연주하기도 한다. 나는 그중에서 타이스의 명상곡을 제일 좋아한다.

"좋겠다. 넌 걱정이 없어서."

내가 나지막이 말을 건네자 브리트니가 몸을 움찔거리더니 벌떡 일어났다.

"그렇지 않아. 너도 알다시피 난 높은데서 뛰어내리지 못해."

"아니라며. 젠 아줌마의 생각일 뿐이라고 지난번에 그랬잖아."

"내가 우겨본 거야. 수의사의 진단은 맞아. 생물학적인 측면에서라면. 근데 진짜 내 문제는 심리적인 거야."

밤이면 집 주변을 마음대로 돌아다니고, 말을 할 수 있는 브리트니가 높은 데서 뛰어내리지 못한 것은, 평형감각에 이상이 있어서가 아니고 마음에 문제가 있다는 것이었다. 맞는 말일 것이다.

"심리적인 문제가 뭔데?"

내가 물었다.

"촌닭, 내 비밀을 털어놓을까? 난 백년이 넘게 살고 있어. 놀라지 마. 거짓말 아니야. 왜 그러는지 나도 몰라. 십 년 주기로 이 집 저 집 떠돌아다니지. 이 집은 벌써 칠 년째야."

나는 믿기지 않았다.

"난 삶이 끔찍해. 그런데도 삶이란 놈의 잔등에 전력을 다해 붙어있어. 이 잔등에서 내려오면 내가 가루로 변해 사라져버릴 것 같은 두려움에 떨고 있어. 정말 이중적이지 않아? 삶이 지루하기 짝이 없는데도 삶을 포기하지 못하니까."

브리트니가 고개를 흔들었다. 매우 슬픈 표정이었다.

"더 이상 집을 옮겨가고 싶은 생각도 없어. 이별은 이제 지긋지긋하니까."

밤이 깊어갔다. 우리는 현단 앞 계단에 앉아 있었다. 십일월의 밤바람이 얇은 파자마를 뚫고 들어왔다. 나는 가볍게 떨었다. 브리트니가 귀를 쫑긋하며 나를 보더니 내 무릎 위로 훌쩍 올라왔다. 나는 브리트니를 꼭 껴안았다.

"용기를 내. 아직 넌 어리그 좀 실수해도 괜찮아. 좋은 경험도 나쁜 경험도 다 필요한 때지."

나는 브리트니의 말을 들으며 깜깜한 어둠을 응시했다.

"두려워하지 말고 너를 주장해 봐."

브리트니의 말은 공허하게 들렸다. 내가 너무 깊어서 짙푸른 아가리로 보이는 크레바스에 빠져있는데 저 위에서 '올라와. 어떻게든 올라와.' 라고 외치는 소리로밖에 들리지 않았다. 나는 절망감에 브리트니를 더욱더 힘을 주어 세게 껴안았다. 크레바스에서 나를 꺼내줄 수 있는 유일한 것이라도 되는 것처럼.

늦가을 바짝 마른 나뭇잎이 이따금 불어오는 바람에 바스락거렸다. 우리 둘이는 차츰 말을 잃고 가만히 서로의 체온을 나누고 있었다. 눈이 서서히 감겼다. 조금 추웠다. 나는 맨발을 서로 포개었다.

아침 등굣길에 종현이와 한새를 학교 교문 앞에서 봤다. 둘이는 어깨에 '담배는 몸에 해롭다. 금연.'이라고 쓰인 휘장을 사선으로 걸치고 서 있었다. 아이들이 모두 힐끔거리며 지나쳤다.

교실에 오니 민희가 눈을 반짝이며 호들갑을 떨었다.

"봤지? 종현이랑 한새가 담배 피다 걸렸대."

"학교에서?"

화장실에 담배꽁초가 어지럽게 굴러다니는 것을 몇 번 봤다.

"아니. 재건축된다는 저 뒤 연립에다 아지트를 차렸다가 주민들이 신고해서 잡혔다던데."

며칠 전 그 연립으로 들어가던 종현이와 한새가 떠올랐다.

둘이는 근 한 달이 넘게 아침마다 선도 봉사를 했다. 학생부장 선생님이 앞장서서 종현이와 한새를 끌고 학교 전체를 돌아다니며 금연 캠페인을 하였다. 그 덕분에 종현이와 한새는 걸핏하면 교실에서 신경질을 부리고 아이들을 더 못살게 굴었다.

중간고사가 다가왔다. 나는 미국에 있는 동안에 구멍 난 공부를 메우느라 매일 초죽음의 강행군을 해야 했다.

종현이와 한새는 지난번 내가 한새를 혼내준 것을 가지고 내 버릇을 고쳐줄 거라고 공공연히 애들한테 떠들고 다녔다. 지레 내가 겁을 먹게 하려는 짓이었다.

시험을 일주일 앞두고 종현이가 나를 복도로 불러냈다.

"야, 넌 영어를 잘하니까 영어시험을 책임져 주라."

“무슨 말이야?”

“못 알아듣긴. 답 좀 보여주란 말이야.”

나는 순간 돌아버릴 뻔 했다. 케빈이 떠올랐다. 그래서 불쾌한 표정으로 쏘아주었다.

“내가 왜?”

종현이가 큰 키와 긴 팔로 나를 복도 벽으로 몰아붙였다. 종현이는 내가 거절하면 금방이라도 한 대 칠 것 같은 기세였다.

“도와달라는데 인정머리 없이 이러기냐?”

얼굴 표정과는 달리 종현이는 조용조용 협박조로 말했다.

“너, 수학 못하지? 내가 수학 잘하는 놈 꼬셔 답 알려줄게. 그럼 됐지?”

종현이는 비열하기 내 약점인 수학을 갖고 꼬드겼다.

“싫어.”

“자식, 보기보다 병맛이네. 감쪽같이 할 수 있어. 내가 인문계 고등학교는 가야 하거든. 잘 생각해 봐.”

‘잘 생각해 봐’ 라고 말할 때의 어조가 들어주지 않으면 ‘가만두지 않을 거야’ 라는 뉘앙스를 강하게 풍겼다.

나는 무슨 일이 있어도 커닝을 하거나 도와주는 일을 할 수 없다고 생각했다. 더 이상의 폭력도 보아줄 수 없다는 분노가 치밀었다. 교실로 들어와 자리에 앉는데, 한새가 나를 돌아봤다. 지난 번 당한 것 때문인지 두고 보자는 눈초리로 째려보았다.

이틀 뒤, 쉬는 시간에 화장실에 다녀왔더니 책상 위에 놓아두었던 국어 책이 없어졌다. 다음 시간 수업준비를 하느라 분명 책상 위에 놓고 갔는데, 책이 없어진 것이다.

책을 찾는 동안에 수업종이 울리고 선생님이 들어오셨다. 나는 책을 안 가져왔다고 걸려서 수행평가에 깎였다. 미칠 것 같았다. 분명 종현이와 한새의 짓임이 틀림없다는 의심이 들었지만 증거도 없이 따질 수는 없었다. 국어책에 자습서 보고 정리해 놓은 것이랑 수업시간에 필기한 것이 잔뜩 있는데……. 난 거의 공황상태에 빠지고 말았다. 시험이 코앞인데, 국어공부를 어떻게 해야 될 지 갈피를 잡을 수가 없었다. 교과서 잃어버린 것 때문에 종일 수업시간에 집중할 수가 없었다.

민희가 집에 국어 책이 한 권 더 있다고 가져다준다고 했다.

다음 날에 책이 또 없어졌다. 어제 국어책을 잃어버렸기 때문에 책상에 책을 꺼내놓지 않고 가방 지퍼도 잘 채워두었는데도 점심시간이 지나 기가책이 없어졌다는 사실을 알았다. 열이 팍 뻗쳤다. 나는 약이 오를 대로 올라 소리를 빽빽 지르고 말았다.

"야, 이 새끼들아! 비겁한 새끼들아. 잡히기만 하면 죽여 버릴 거야."

나는 애꿎은 내 의자만 발로 걷어찼다.

6교시가 지나고 옆 반 아이들이 운동장에서 체육을 마치고 들어오며 학교 하수구에 빠져있던 기가책을 주워왔다. 화장실 세면대에 가서 닦아보았지만 진흙으로 범벅이 된 책은 도저히 쓸 수가 없었다. 쓰레기통에 힘껏 집어던져버렸다.

나는 화장실 변기에 앉아 화를 가라앉혔다. 이 기분으로 가면 종현이와 한새랑 대판 붙어버릴 것 같아서였다. 이렇게 교과서를 잃어버리는 것은 시작에 불과할 것이 아닐까 하는 예감이 들었다.

종례를 하러 들어온 담임선생님을 찬찬히 뜯어봤다. 삼십대 중반의 젊은 남자선생님인데 학년부장을 맡아 종례시간도 매번 잘 지키지 못할 만큼 바빴다. 오늘도 뭐가 바쁜지 대충대충 말하고 나가버렸다. 나는 교무실에 찾아가볼까 하는 마음을 접었다.

시험은 다가오고 나는 매일 불안한 마음으로 지내야했다.

시험은 사흘 동안 보았다. 영어 시험은 둘째 날에 있었다.

영어시험이 있는 시험 둘째 날.

우리 반 남자애들은 1학년 6반 여자애들과 한 반이 되어 시험을 보아야 했다. 우리 남자애들이 1학년 교실로 이동했다.

나는 9번이라 두 번째 줄 중간에 앉았다. 자리에 앉고 보니 뒷자리에 종현이가 앉고 그 뒤에 한새가 앉아 있었다. 어? 내가 놀라 10번과 11번인 윤호와 준수를 찾아보았더니 종현이와 한새 자리에 가 있었다.

"야, 낙오자! 오늘 보여주기로 한 거 기억하지? 내일 수학은 내가 책임져 줄게."

종현이가 뻔뻔스럽게 말을 계속했다.

"이따 니 답지는 내거랑 바꾸고, 넌 답지 하나 더 신청해. 알았지?"

종현이의 말은 내가 문제를 다 푼 후, OMR카드에 답을 쓰고 나면 종현이 거랑 교환한 후, 표시를 잘못했다고 선생님께 새 OMR 카드를 받으라는 얘기였다.

나는 대답을 하지 않고 묵살해버렸지만 심장이 심하게 쿵쾅거렸다.

시험이 시작되어 문제를 푸는데 종현이가 신경이 쓰여 뭘 물어보는지도 모를 정도로 집중이 안됐다. 시험 감독 선생님은 몇 학년 선생님인지 모를 여자 선생님이었다. 나는 죄 지은 것도 없으면서 괜히 선생님의 얼굴이 자꾸 봐졌다.

계속 가슴이 뛰고 머리는 안 돌아가고 죽을 맛인데 뒤에서 종현이가 내 의자를 발로 살살 차며 신호를 보냈다. 나는 모른 채했다. 종현이 때문에 한 문제도 더 풀 수가 없었다. 이번에는 종현이가 연필로 내 등을 콕콕 찔렀다. 나는 의자를 책상 쪽으로 바짝 당겨 앉아버렸다. 내 등과 종현이 책상과는 간격이 좀 벌어져 있을 거라고 생각하였다.

그때였다. 내 등에 무언가가 날아와 맞혔다. 지우개 같았다.

나는 도저히 참을 수가 없었다.

"야! 정말 이럴 거야?"

소리치며 내가 벌떡 일어나 종현이 멱살을 잡아챘다. 우당탕탕 종현이 책상이 넘어갔다. 종현이도 주먹을 내 얼굴에 날렸다. 나도 날아오는 주먹을 피하며 종현이 얼굴을 집중해서 때렸다. 시험감독 선생님이 소리를 질렀지만 들리지도 않았다. 남자 체육선생님이 달려와 뜯어 말려서야 우리는 멈췄다. 둘 다 옷이 다 찢어지고 내 코에서는 피가 흘러 윗도리 앞자락을 다 적셨다. 내 안경은 어디로 날아갔는지 보이지도 않았다.

나는 코뼈가 내려앉아 병원에 입원해야 했고 종현이는 눈 꼬리가 찢어져 다섯 바늘이나 꿰맸다.

민희의 손수건으로 상처를 누르고 병원 대기실에 앉아 있는데 브랜든이 떠올랐다. 그 치욕적인 사건은 축구시합 중에 일어났다.

학교 동아리에 들어야 했을 때 나는 축구부에 들었다. 축구는 한국 학교에서 점심시간마다 잠깐씩 하던 거니까 그래도 잘할 수 있을 것 같아서였다. 예상대로 나는 합기도로 단련되어서 달리기도 잘하는 편이라 공수를 자유롭게 하는 선수로 금세 자리를 잡았다.

축구 동아리에는 이미 축구 짱인 브랜든이 있었다. 쟤는 럭비를 하지 축구를 왜 하나, 할 정도로 덩치가 어마어마했다. 우리는 팀을 나눠서 연습을 하곤 했다. 브랜든은 나를 견제했다. 같은 팀에 있을 때는 공을 잘 패스해 주지 않았고 상대팀이 되는 경우는 위험한 태클을 막 해왔다. 엄마는 평소 전화만 하면 운동할 때 다치지 말라고 주의를 주었었다. 미국 병원비가 살인적이기 때문이다. 그래서 나도 모르지 주춤거리면 브랜든은 어느새 공을 뺏어가고는 했다.

그날은 브랜든과 내가 다른 팀이 되었다. 준비 운동과 패스연습을 하다가 팀을 나눠 연습경기를 했다.

내가 브랜든을 집중 마크했다. 나는 이제 막 축구에 재미를 붙였고 또 축구코치에게 인정받고 있던 터라 사력을 다해 뛰었다. 그러다 보니 몇 번 브랜든과 부딪쳤다. 그것은 경기 중에 얼마든지 일어날 수 있는 일이었다.

그런데 나랑 브랜든이 브랜든 팀 골대 앞에서 몸싸움을 벌이다 브랜든이 반칙을 먹었다. 브랜든은 벌컥 화를 냈다. 그는 나에게 멀어지면서 '냄새나는 중국놈'이라고 욕을 했다. 나는 화가 났지만 참았다. 못들은 척했다.

공이 우리 골대 쪽으로 흘러 내가 공을 몰고 미드필드를 넘어갈 때 브랜든이 달려와 공을 뺏었다. 내가 다시 공을 뺏으려 밀착해 들어가자 브랜든이 돌면서 팔꿈치로 배를 세게 쳤다. 일부러 작정을 하고 가격을 한 것 같았다. 나는 그 자리에서 나뒹굴었다. 코치가 달려와 혼을 내자 브랜든이 양팔을 벌려 뭐라고 마구 떠들어댔다.

'이건, 살인이야.'

나는 잔디밭에 누워 잠깐 숨을 못 쉬고 버둥거렸다. 죽을 것 같이 잠깐 시간이 정지되었다. 한참만에야 나는 배를 움켜쥐고 벤치로 나왔다. 코치가 나보고 그만 하고 집에 가서 쉬라고 했다. 나는 락커로 왔다.

락커에는 코치에게 경고를 먹고 퇴장당한 브랜든이 옷을 갈아 입고 있었다. 그는 나를 보더니 다시 '더러운 중국놈'이라고 욕을 했다. 코치한테 혼난 것까지 더해져 그러는지 알아들을 수 없는 욕을 계속 퍼부었다. 나는 머리뚜껑이 열렸다. 아까 겪었던 죽음의 공포가 폭발하여 손까지 덜덜 떨렸다. 나는 번개같이 날아서 발차기로 브랜든을 쓰러뜨린 후, 브랜든을 올라타고 앉아 가구 두들겨 패줬다.

말 못한 자를 멸시한 죄, 약한 자를 조롱한 죄, 자신의 잘못을 모르고 함부로 날뛴 죄를 응징했다.

내가 미친 건 아닐까. 누가 달려와 나를 밀쳐냈다.

여러 차례 조사 후 나는 퇴학 처분을 받았다. 그들은 나를 커닝을 시켜주고 폭력을 행사하는 비도덕적이고 셀프컨트롤이 안 되는 아이로 판정하였다.

나는 더 이상 울고 싶지도, 마음의 통증도 느끼지 못했다. 부글부글 끓는 용광로를 껴안고 있는 기분이었다.

학교에 가지 못하고 마이크 아저씨와 젠 아줌마의 집에서 며칠 지냈다. 엄마와 한국인 가디언은 내가 귀국하기를 원했다. 난 용광로를 끌어안고 귀국하고 싶지 않았다. 비록 미국에서 잘 적응하지 못했지만 이대로 실패감만 갖고 돌아가는 것은 싫었다.

심한 피로감이 온몸을 덮쳤다. 나는 잠만 잤다. 방밖에도 나오지 않고 이틀 동안이나 꼬박 잤다. 가위에 눌리는 꿈을 반복해서 꾸며 나는 죽은 듯이 깊은 잠에 빠졌다.

이틀 만에 깨어났을 땐 창밖이 깜깜했다. 밤인 거 같았다. 침대에서 일어나 시계를 확인했다. 새로 두 시를 넘어가고 있었다.

불현듯 브리트니가 생각났다. 브리트니를 만나고 싶었다.

정원으로 통하는 현관문을 밀고 나오자 브리트니가 삼나무 뒤쪽에서 기다렸다는 듯이 나타났다.

"촌닭, 드디어 잠에서 깨어났군. 교만한 인간을 늘씬하게 두들겨 팼더군. 소감이 어떤가?"

브리트니가 내 곁에 와서 앉았다.

"덕분에 퇴학 맞았어."

"알고 있네."

"한편으로는 후련해. 꿈틀해봤으니까. 살아있는 기분이야. 학교가 외국인인 나한테 호의적이지 않을 거라는 것은 이미 예상했던 거야."

"그럼 지금 네 고통은 어떤 거니?"

"나쁜 아이가 돼버린 거."

"억울하구나."

"그래. 무척. 차디 찬 함정에 빠진 기분이야. 그래도 네가 있어서 다행이야. 넌 내 마음을 다 알고 있잖아."

그때 갑자기 브리트니가 귀를 쫑긋하더니 앞을 쏘아보며 날카롭게 야옹 야옹 울었다.

"왜 그래?"

"나를 따라다니며 귀찮게 하는 놈이 있어. 옆집 윌슨 씨 고양이."

"아! 지난 번 잃어버렸다고 집집마다 찾아다니고 전단지도 붙었잖아."

"잃어버리기는 개뿔. 아! 이런 점잖지 못한 표현을 쓰다니. 미안. 그 의심 많은 샘이 사흘씩이나 나를 미행한 것이라고."

"네가 사람 말을 할 수 있다는 것을 알아버린 거야?"

내가 목소리를 낮춰 속삭였다.

"그런 셈이지. 지난 번 너를 여기서 만났을 때 우연히 엿들은 게 분명해. 그 뒤로 저렇게 나를 미행한다니까. 멍청한 놈."

"그럼 어떻게 해?"

"상관없어. 여길 떠나면 그만이니까."

"나 때문에?"

나는 부르짖듯이 브리트니를 향해 말했다.

"그렇게 생각하지 마. 넌 흥미로운 생명체였고 우린 친구였지. 그런데 촌닭, 우리가 이별할 날도 얼마 남지 않았군. 보고 싶을 거야."

브리트니가 슬픈 눈으로 나를 보았다. 나는 가슴 한 쪽이 뻐개지는 것 같았다.

"넌 더 이상 떠도는 게 싫다고 했잖아. 이별도 싫다고."

"그래. 그랬지. 친구, 나는 꿈이 하나 있어."

"그게 뭔데?"

"높은 빌딩에서 지상까지 뛰어내려 보는 거."

"열 번 살아남는 고양이나 영원히 사는 고양이라면 할 수 있겠지."

"멋진 낙하를 하면서 생을 종결하고 싶어."

"넌 영원히 살아. 운명이잖아."

"끔찍해. 함정에 빠진 기분으로 살아왔어. 외롭고 쓸쓸해."

"그만 살고 싶구나. 브리트니!"

나는 울컥해져서 브리트니를 끌어안았다. 우리는 말없이 서로의 마음을 읽었다.

"브리트니, 날 잊지는…… 않겠지?"

내가 조용히 물었다. 다시는 못 본다는 생각에 마음이 벌써 쓸쓸해졌다.

"그럼. 살아있는 날까지. 네가 어디를 가든 함께 할 거야. 혹 기운을 차리게 되면 네 곁으로 날아갈 지도 모르고."

브리트니가 내 팔에 머리를 비볐다.

종현이는 학교 생활지도부의 조사 결과 그동안 드러나지 않았던 일들이 많아 전학을 갔다. 내가 병원에서 퇴원을 해서 다시 학교에 등교했을 때는 종현이는 이미 전학가고 없었다. 한새는 은근히 나를 피해 다녔다. 약한 새임이 틀림없었다.

민희는 나를 보더니 대뜸 허스키한 목소리로 감탄했다.

"누구세요? 네? 와! 코 수술이 정말 예술이다. 완전 달라진 거 너 모르지? 연예인 공개 오디션에 가도 되겠다."

　나는 책상 위에 엎드렸다. 나는 우울하기 짝이 없는 눈꺼풀을 닫았다. 순간 교실의 풍경이 사라졌다. 아이들이 만드는 소음도 작아지더니 이내 사방이 고요해졌다.

서창우 소설집

위험한 방

위험한 방

"여긴 지옥이기도 하고 천국이기도 해."

현호의 낮은 목소리가 음산하게 들린다.

윤서는 신경이 곤두선다. 사실 신경이 예민해진 것은 가파른 언덕을 내려와 이 동네를 들어설 때부터이다.

낮은 연립들은 좁은 골목길을 사이에 두고 금방 허물어질 것 같이 다닥다닥 붙어있다. 부자들이 모여 산다는 동네 한 귀퉁이에 이런 곳이 있다니, 낯선 풍경에 윤서는 조금 불안해진다.

그렇다고 겁이 났다는 말은 아니다. 윤서에게 겁날 것은 이제 아무것도 없다. 겁이 났다면 애초부터 현호를 따라오지도 않았을 것이다.

현호가 걸음걸이를 늦춘다.

윤서는 바닥이 얇은 슬리퍼를 신고 있어서 빨리 걸을 수가 없는데다 현호의 성큼성큼 걷는 보폭을 따라가기도 버겁다. 꾀 긴 언덕을 내려오면서 발바닥에 힘을 줘서인지 발가락 끝이 아프다.

현호가 잠시 멈춘다. 그 사이에 윤서가 쌔근거리며 현호 곁에 바짝 다가선다. 현호의 왼쪽 귀와 턱에 윤서의 숨결이 훅하니 와 닿는다. 현호가 흠칫 놀란다.

윤서는 아까부터 멀미하는 것처럼 속이 메슥거리기도 하고 졸아붙는 것 같이 죄어 오기도 하고 머리는 흔들릴 정도로 욱신거린다.

'긴장해서일 거야.'

윤서는 숨을 크게 쉬어본다. 좀체 나아지지 않는다.

현호는 약간 비탈진 길로 접어들더니 낮은 연립 앞에 선다. 3층 건물이다.

"여기야."

윤서는 현호의 툭툭 내뱉는 말투가 자기를 다그치는 것 같아 불편하다.

현호가 빨랫줄을 들고 놀이터 구름사다리를 노려보고 있던 광경이 떠오른다.

밤 열 시가 지났다.

현호는 핸드폰을 꺼내 시간을 점검하고는 윤서의 생각을 다시 확인하려는 듯 빤히 바라본다. 윤서는 현호를 따라 언덕을 오르내려서인지 관자놀이 부분에 땀방울이 맺혀 있다. 윤서가 지나치게 빤히 보는 현호의 시선을 피해 잠시 눈을 감았다 뜬다. 긴장한 까만 눈동자가 붙박힌 것처럼 순간 고정되어 약한 사시가 있는 눈을 더욱 도드라지게 한다.

묘한 느낌이다. 현호에게 윤서의 눈은 오랫동안 쳐다볼 수 없게 하는 데가 있다. 어두운 밤, 불빛 아래에서 끊임없이 어지럽게 날고 있는 날벌레처럼 불안정하게 흔들리기 때문이다. 정면으로 만나지지 않을뿐더러 흔들리는 눈빛, 이다.

현호는 윤서와 처음 만났던 그 순간을 떠올린다.

그때, 윤서는 어두운 놀이터 구석진 벤치에 고양이처럼 웅크리고 앉아있었다.

현호는 아마 그네에 앉아 아파트 상가에 있는 24시간 편의점에서 사온 캔 맥주를 마시고 있었을 것이다. 현호는 어떤 인기척도 알아차리지 못했다. 당연했다. 무슨 맛인지도 모르고 맥주를 마시는 동안 빨랫줄을 움켜쥔 왼손에만 잔뜩 신경을 쓰고 있었기 때문이다. 뻣뻣하게 굳어버린 왼손을 영원히 펼 수 없으리라는 상상을 하며 현호는 온몸을 심하게 떨고 있었다. 더 이상 물러설 수 없다는 데까지 생각이 몰려서야 현호는 캔을 구겨 바닥에 집어던지고 벌떡 일어섰다. 왼팔이 굳어 잘 움직여지지 않았다. 빨랫줄의 감촉을 느낄 수도 없었다. 용케 떨어뜨리지 않고 들고 있다는 것이 신기할 정도였다.

윤서를 가만히 보고 있던 현호의 입가에 냉소가 번진다.

윤서는 턱을 힘주어 끌어당긴다.

"가자."

현호가 휙 몸을 돌려 성큼성큼 출입구로 걸어간다.

그 뒤를 몸에 꼭 달라붙는 짧은 핫팬츠 차림의 마른 윤서가 휘청거리며 걷는다. 유난히 가늘고 하얀 다리에 불빛이 위태롭게 반사한다.

현호는 1층 출구 앞을 지난 후 곧바로 지하실 계단을 내려간다.

지하실 계단은 침침한 불빛에 잠겨있다. 두 사람이 조심스럽게 아래로 발을 내딛자 습하고 퀴퀴한 곰팡이 냄새가 풀썩이며 달려든다. 어둠에 잠겨 있는 지하 공간에서는 아무 소리도 들리지 않아 괴괴하기까지 하다.

지하무덤에 들어온 느낌이 들어 윤서는 몸이 오싹해진다. 자기가 무슨 짓을 하려는지 이미 이 공간은 읽어버린 느낌이다.

두 사람의 발걸음에 계단을 배회하던 바퀴벌레 몇 마리가 놀라 흩어진다. 윤서가 바퀴벌레 때문에 움칠한다. 혹 바퀴벌레를 밟을까봐 두려워진다. 얇은 슬리퍼 밑이 뭔가 꿈틀하는 것 같다.

간신히 계단 끝에 이른다. 사방이 어둡다. 어두워서 지하실이 얼마나 넓은지 알 수 없다. 천장 등은 고장난건지 연신 바르르 떨고 있다.

"천장이 낮으니까 고개를 숙이고 걸어야 돼."

현호가 걷는 게 아니라 벌벌 기는 윤서에게 뚝뚝 끊기는 말투로 내뱉는다. 여전히 친절하지 않다. '화가 났나?' 윤서는 괜히 주눅이 든다.

현호는 계단 끝에서 오른쪽으로 꺾어 앞서 걷는다. 익숙한 곳이라 어둠 속에서도 그는 성큼성큼 잘도 걷는다.

윤서는 어두운 게 싫다. 내내 그랬다.

'어두워! 어두워!'

이 말이 윤서가 돌이 지나고 처음으로 완벽하게 만들어 낸 말이었다고 한다. 그렇게 엄마가 말했다.

'그래서 엄마는 어떻게 했는데?'

'엄마랑 아빠는 일찍 출근을 해야 하는데 불을 켜고 자는 건 피곤한 일이지.'

당연히 엄마는 윤서의 등을 몇 번 토닥이고 곯아떨어졌을 것이다.

그 뒤로 윤서는 가끔씩 자기가 처음으로 했다는 말을 생각해보았다. 그때마다 유연하지 못한 혀를 조작하여 '공포'라는 의미를 전하려 애쓴 아기의 안간힘이 가슴을 뻑뻑하게 했다.

지금도 윤서는 침대 곁에 스탠드를 켜놓고 자야 안심이 된다. 기숙학원에 있을 때, 여럿이 한 방에서 자느라 불을 켤 수 없었다. 그러니 매일 밤 깊은 잠을 잘 수가 없었다. 새벽녘에야 잠깐 든 잠도 기상시간이 여섯 시라 토막잠이 되곤 했다. 항상 피곤했고 졸렸다. 거의 반수면 상태로 수업을 듣고 공부를 했다. 기숙사 언니들과 선생님들도 윤서를 내놓았고 나중에는 아예 무시해버렸다. 자야할 때 자지 못했고, 공부해야할 때 공부하지 못한 결과는 냉정하게 엄마에게 보고되곤 했다.

기숙사에서 난리를 피우고 집에 돌아와서 받은 벌은 끔찍했다. 엄마는 깜깜한 어둠 속에 윤서를 내버려 두는 것이었다.

엄마가 떠오르자 손목의 상처부분이 다시 욱신거린다.

어두워서 잘 보이지도 않지만 바퀴벌레 때문에 조심조심 걷느라 윤서가 조금 뒤쳐진다.

'아, 뭐야? 시간을 늦춰보자는 거니?'

발이 자꾸만 허둥거려진다.

윤서의 불안이 전해졌는지 현호가 낮은 지하실 천장 때문에 고개를 숙이고 상체를 구부정하게 하고 선다.

현호는 원래 말이 없는 것 같기도 하지만 이 동네 어귀를 들어설 때부터 한마디도 하지 않는 윤서가 염려스럽다. 그만큼 빳빳하게 긴장하고 있는 것이라고 현호는 짐작한다.

윤서가 잰걸음으로 다가가 와락 현호의 점퍼 자락을 붙잡는다.

'어두운 것도 무서워하는 계집애라니!'

현호의 가슴에 이상한 전류가 흐른다. 서글픔이다. 곧 영원히 어두운 세상으로 떠날 텐데, 허둥대는 윤서가 길을 잃어버린 고양이 같다.

'이건 싸구려고 쓰레기야'

현호는 예기치 못한 자신의 감정을 부정한다. 자신을 나약하게 만들고 상황을 복잡하게 하는 연민 따위는 위험하므로 무시해야 한다.

'너무 약하잖아.'

낭패감에 현호는 얼굴을 찡그린다. 자신에겐지 윤서에겐지 모를 짜증이 인다.

윤서의 불안한 눈빛이 못마땅한 현호의 표정 위로 스친다.

"믿기지 않겠지만 여기에도 사람들이 살고 있어."

현호는 슬그머니 윤서의 눈빛을 외면하고는 양쪽 벽에 나 있는 문들을 가리키며 말한다.

"넌 끔찍하겠지? 그렇지도 않아. 누군가에게는 천국이기도 하니까. 아무도 찾을 수 없는 곳이 한군데 필요하다면 이만한 데도 없어."

현호는 맨 끝 문에 다다르자 주머니에서 핸드폰과 열쇠를 꺼낸다. 현호가 핸드폰을 밀어 올리자 검은 쇠문을 물고 있는 커다란 자물통이 핸드폰 불빛에 비추인다. 현호는 불빛이 나는 핸드폰을 왼손에 쥐고 재빨리 문을 딴다.

현호의 손은, 윤서에게 아파트 놀이터 구름사다리에 빨래줄을 걸치던 광경을 불러일으킨다.

늦봄이었다. 낮으로는 여름처럼 더웠지만 밤에는 아직 쌀쌀했다. 추위를 잘 타는 윤서는 가끔씩 불어오는 밤바람에 한기를 느꼈다.

윤서는 최대한 몸을 조그맣게 만들어 웅크리고 앉아있었다. 그러니 누가 지나쳐도 알아볼 수 없었을 것이다. 남자 한 명이 그네에 앉아 무언가를 마시고 있었다. 윤서네 아파트는 놀이터가 몇 개 있지만, 가장 후미진 곳에 있는 107동 뒤편 놀이터는 왕래하는 사람도 없었다.

현관문을 부서져라 닫고 나왔지만 정작 갈 데도 없었다. 엄마가 멋대로 검정고시 학원에 가서 등록했다는 말을 듣고 순간 머리에 김이 쏠렸다. 윤서는 눈을 감았다. 피곤했다. 끝없이 각을 세워 부딪치는 엄마와의 이 싸움이 넌덜머리가 난다.

'물에 빠져 필사적으로 허우적대는 거 그만하고 싶다…….'

윤서는 눈을 감았다.

그때 캔이 땅바닥에 떨어지는 소리가 들려 눈을 떴다. 그 순간 윤서는 믿을 수 없는 광경의 목격자가 되어버렸고, 입술 밖으로 말이 튀어나오지 않아 미친 듯이 비명을 질렀었다.

문을 열자 동굴 같은 방이 펼쳐진다. 하도 작아서 방이라기보다는 커다란 상자 같다. 한쪽 면을 도로에 접하고 있는 직사각형의 상자.

방 안은 오래 밀폐된 공간이 갖고 있는, 특유의 퀴퀴함이 가득 고여 있다. 방안에 발을 들여놓자마자 축축한 공기에 섞여있는 곰팡내가 윤서의 폐로 밀고 들어온다. 곰팡이 균이 맹렬하게 폐에 가득 차오른다. 윤서는 자기도 모르게 몸을 움츠린다. 생물 시간에 현미

경으로 곰팡이 균을 보았다. 그것들이 몸을 점령하는 것은 참을 수
없다.

윤서는 최대한 숨을 참아 보려 애쓴다. 그러나 얼굴에 피가 쏠려 가까스로 참았던 숨은 한꺼번에 ‘흡’ 하고 터지고 만다. 윤서는 울상을 짓고 만다.

지하실의 차가운 기운에 윤서는 몸을 떤다.

방은 아주 작은 창이 하나 있다. 딱 질식만 면하게 해줄 조그만 창으로 불빛이 희미하게 흘러들어 온다. 창밖에 가로등이 있나보다. 방은 적당히 어둡다. 박스들이 한쪽 벽면에 가득 쌓여 있고 책과 컵 등이 어지럽게 방바닥에 흩어져 있다. 의자나 책상 따위가 없는 것으로 보아 그가 여기서 살고 있는 것 같지는 않다.

윤서는 문 옆 벽에 몸을 기대고 주저앉는다. 방 안쪽까지 걸어 들어갈 힘이 없다. 현호도 따라 앉는다.

그 사이 방안에 도사리고 있던 괴기스러움이 윤서의 어깨에 재빠르게 내려와 앉는다. 윤서는 자기도 모르게 현호에게 바짝 붙어 팔을 꽉 움켜잡는다. 현호의 팔은 뻣뻣하다.

‘돌겠어! 시간이 더 필요한 계집애.’

현호는 윤서를 여기까지 데리고 온 것이 후회된다. 괜한 짓을 했다는 생각이 든다.

밤 열시 십 분을 막 넘어선다.

한참동안이나 둘은 아무 말도 하지 않는다.

갑자기 윤서는 자신이 현호의 팔위에 매달리듯 무게를 잔뜩 싣고 있음을 깨닫는다.

윤서는 현호의 팔에서 손을 떼어낸다. 왼팔 손목의 상처가 오른쪽 손가락에 스친다. 심장을 찌르는 아픔이 살갗 위로 따갑게 돋아오른다. 윤서는 아픔을 지워 없애려는 듯 엄지손가락으로 상처를 문지른다.

현호가 먼저 말을 꺼낸다. 훨씬 가벼운 말투다. 윤서의 약한 모습은 현호를 실망시키기도 했지만 현호의 태도를 부드럽게 만든 것 같다.

"이제 말할 수 있겠지. 말해 봐. 네가 죽으려는 이유."

"……."

세 달 동안 둘은 가끔씩 메일을 보냈다. 그래서 알아낸 것은 별로 없다. 둘이 처음 만났던 아파트에 둘 다 집이 있다는 것, 윤서가 학교에 다니지 않는다는 것, 부모님이 직장에 다닌다는 것, 열여섯 살이라 현호보다 한 살 어리다는 것, 자살을 두 번이나 기도했다는 것. 이것이 전부다. 그럴 수밖에 없는 건 어제 갑자기 윤서한테서 만나자고 연락이 왔고, 오늘 점심 때 만나 여태 함께 있었으니 서로에 대해 모르는 것은 당연하다.

"난 초콜릿이야."

현호가 왜 죽으려고 하느냐고 묻는 말에 돌아온 윤서의 답이다.

"나도 알아. 네 아이디가 초콜릿이라는 건."

"초콜릿처럼 달콤 씁쓸하게 보낸 시간을 더 이상 연장하고 싶지 않아."

"시적인데."

"지나치게 시적이어서 탈이지. 엄마는 나를 허공에 떠서 산다고 야단만 쳤어."

"엄마가 야단쳤구나. 그게 중요한 이유야?"

"놀리지 마."

윤서의 얼굴에 매서운 기운이 스친다.

"난 엄마가 야단쳐서 죽으려 하는데?"

현호가 일부러 장난스럽게 말한다. 촌스럽지 않게 유희하듯이 마지막 시간을 장식하는 것도 좋을 것이다.

"……"

윤서는 현호의 의도를 알아차리지 못하는 것 같다. 현호의 의도를 알아차리는 건 애초에 틀렸는지 모른다. 이 동네 들어설 때부터 쭉 너무 긴장하고 겁을 잔뜩 먹고 있다. 대화가 끊긴다.

"불을 켤까?"

어색해져서 현호가 일어서려한다.

윤서는 희미한 어둠 속에서 현호의 다리를 노려본다. 자신의 두

러운 감정을 이겨내는 게 그것밖에는 없는 것처럼.

"숨 쉬기가 힘들어."

한참 만에 겨우 말을 토해 내는 윤서 목소리가 이상하게 들린다.

현호가 잠깐 숨을 멈춘다.

'넌 완전히 숨을 쉬지 않으려 온 거야. 나도 그렇고.'

현호는 일부러 침착한 목소리를 만들어 말한다.

"숨을 천천히 쉬어 봐. 무언가 발표할 때처럼."

윤서가 무릎을 세우고 손을 얹은 후에 고개를 묻는다. 현호의 말처럼 천천히 숨을 쉬어보려 한다.

"난 엄마가 없어. 돌아가셨거든. 일 년 전에."

지난봄에 현호는 엄마 산소에 갔다.

벚꽃이 눈처럼 흩날리며 지는 날이었다. 현호는 버스에 올랐다. 버스가 지나치는 고속도로 주변의 풍경들이 현호의 가슴을 계속 할퀴었다. 세상은 놀랍게도 정지하지 않고 계속 돌아가고 있었다. 엄마와는 무관하게 봄, 여름, 가을, 겨울이 지나갔고 시치미를 뚝 떼고 따뜻한 햇볕이 대지에 숨어있던 생명들을 일깨우고 있었다. 엄마가 없어져버렸는데도 살아있는 것들은 맹렬하게, 힘껏 생명을 끌어내고 있었다.

산 중턱까지 올라가는데 얼굴을 타고 내린 땀이 툭툭 떨어졌다. 현호는 땀도 닦지 않고 바삐 올라갔다. 마치 땅 속의 엄마를 벌떡 일으켜 세우려는 기세였다. 무덤에는 연두 빛 풀이 올라와 있었다.

현호는 어깨에 멘 가방에서 환타 병을 꺼내 무덤을 돌아 뿌렸다. 엄마가 가장 좋아했던 오렌지 맛이 나는 환타였다. 오렌지색 탄산수는 땅 속에 금방 스며들어 축축한 흙색으로 변했다.

현호는 엄마 무릎을 베고 누운 것처럼 산소 옆에서 누웠다. 땅바닥이 축축하고 차가왔다. 깔고 누운 신문지가 어느새 눅눅해졌다.

노을이 질 무렵이 되어서야 현호는 산을 내려와 버스 정류장 옆에 있던 농약 파는 가게에서 제초제를 한 병 샀다.

'밭에 잡초를 없애려고요. 아빠가 사오라는데요.'

파마를 하고 있는지 머리에 비닐 캡을 둘러 쓴 아주머니는 대꾸도 없이 돈을 받았다.

아빠의 집으로 가지 않고 현호는 연립 301호 지하방에서 그날 밤 잠을 잤다.

정확히 말하자면 현호는 한숨도 자지 못했다.

작은 창으로 부옇게 날이 밝아오자 현호는 제초제를 방 귀퉁이에 있던 박스에 넣었다.

"믿을지 모르겠지만 난 철이 들면서부터 쭉 죽고 싶었어. 엄마는 진짜 아빠한테 자주 맞았어. 술을 먹고 들어오는 밤이면 아빠는 온갖 방법으로 때렸어. 집에 있는 물건들이 다 흉기야. 운동기구도 부엌칼도 벨트도 심지어 화분도."

현호는 엄마가 맞은 날이면 오줌을 쌌다. 삼사학년 때까지도 그랬다.

엄마는 맞고 난 다음 날은 일어나지도 못하고 오전 내내 누워 있다가 오후에야 현호의 침대에서 이불을 걷어 빨았다. 맨손으로 빨래를 하고 와서 붉어진 손으로 현호의 이마를 짚고 얼굴을 쓸어주던 엄마의 손에서는 항상 빨래비누 냄새가 났다. 현호는 그 빨래비누 냄새가 죽도록 싫었다. 언젠가는 한 번 고무장갑도 끼지 않고 지린내 나는 옷가지를 맨손으로 빠는 엄마를 보았다. 엄마는 온힘을 다해서 옷가지를 주물렀다. 잔뜩 등을 굽힌 채 입술을 앙다물고 수도꼭지에서 콸콸 쏟아지는 물을 응시하고 있던 엄마.

물기가 덜 닦인 손으로 현호의 머리를 쓸어 올려 주고는 엄마는 슬픈 눈으로 현호를 보곤 했다. 그때마다 현호는 머리를 흔들며 일부러 엄마의 눈을 피했다. 그리곤 속으로 엄마를 저주했었다.

'도망가! 엄마!'

현호는 도망가지 못하는 엄마가 미웠다. 맞기밖에 못하는 엄마가 한없이 미웠다.

아빠는 엄마를 때리면서도 이상하게도 현호에게는 손을 대지 않았다. 오히려 더 살갑게 굴었다. 아빠가 엄마를 무자비하게 때릴 때마다 현호가 할 수 있는 일이라고는 없었다. 오히려 엄마와 똑같은 처지가 되어 맞을지도 모른다는 두려움에 현호는 아빠의 눈치를 봤다. 되도록 아빠의 신경을 거슬리지 않으려 애를 썼다. 현호는 아빠의 사랑과 친절을 잃고 싶지 않았다. 중학생이 되자 현호는 아빠가 술을 마시고 들어오는 밤이면 집을 나가 길거리를 쏘다녔다. 피시방이나 놀이터나 공원에서 밤을 새기 일쑤였다.

엄마를 구하지 못하는, 세상에서 가장 비겁하고 나쁜 놈인 자기 자신이 싫어 미칠 것 같았다. 엄마가 아빠를 견디면 견딜수록 현호는 더욱더 처참해졌다.

"부럽다. 엄마가 없다니."

고개를 묻고 있던 윤서가 고개를 들어 불쑥 내뱉었다.

"넌 엄마를 증오하구나."

"넌 누구를 증오하는데?"

윤서는 현호가 묻는 말은 대답도 하지 않고 되물었다.

"아이스크림."

"뭐?"

날이 밝아 현호가 집에 들어가면, 아빠는 면도를 깨끗이 하고 신문을 보다가 한 마디 하고는 했다.

'뭐 단 거 있는지 냉동실 좀 보거라.'

그건 아이스크림이 있는지 묻는 말이다. 아빠는 술을 많이 마시면 아무 것도 먹지 못하고 차갑거나 단 것을 찾았다. 냉동실에는 늘 아이스크림이 있었다.

'네가 떠 주는 아이스크림이 세상에서 제일 맛있다.'

아빠는 달게 먹었다. 그럴 때 마다 현호는 달지만 차가운 아이스크림을 이해할 수 있었다.

현호는 아이스크림을 증오한다. 내내 그래 왔다고 생각한다. 언젠가는 세상의 아이스크림을 몽땅 흡착기로 빨아내버리고 말겠다고 이를 갈았다. 내내 그래왔다고 생각한다.

"말하는 코끼리 얘기를 들어본 적 있니?"

윤서가 난데없이 코끼리 얘기를 꺼냈다.

"말하는 코끼리는 세상에 단 한 마리뿐이야. 에버랜드에서 살아. 난 벌써 서른 번도 넘게 코끼리를 보러 갔어."

구부린 무릎을 펴고 짧은 핫팬츠의 주머니에서 윤서가 핸드폰을 꺼냈다. 바지가 꼭 끼어서인지 한참동안이나 시간이 걸렸다.

"봐. 코끼리야."

윤서는 동영상으로 받아 둔 말하는 코끼리를 보여준다.

코끼리는 열여섯 살이 된 수컷이다. 이 코끼리는 '좋아', '누워', '안 돼', '아직' 같은 여덟 개의 말을 할 줄 안다. 과학자들이 이 기이한 현상을 연구했다. 그 결과 코끼리가 입 안에 코를 넣고 흔들어 공기를 조절해서 말을 하게 되었고, 사육사와 흡사한 삼십대 중반의 목소리로 말한다는 것을 알아냈다.

"넌 코끼리가 왜 말을 한다고 생각해?"

현호가 묻는다. 정말 궁금하다. 이 계집애의 정신세계를 넘겨짚을 수 있는 중요한 코드임에 분명하니까.

"그걸 알 수 없어. 정말 알 수 없다니까. 어떤 생각을 하더라도 다 오해일 거란 생각이 드니까."

윤서는 그 이유로 처음에는 외로워서일 거라고 생각했다. 정글을 떠나 지루하기 짝이 없는 동물원에서 외롭게 하루하루를 지내는 코끼리니까. 그러나 열다섯 번쯤 보러 갔을 때는 사육사를 사랑한 나머지 그의 말까지 따라 하는 것이라고 생각을 바꿨다. 코끼리는 강한 일체감을 느끼고 싶어 하는지도 모르는 일이었다. 조금 더 지나자 불쑥 넓은 공간에 몇 마리의 다른 코끼리가 눈에 들어왔다. 코끼리는 다른 코끼리와 어울리지 못하는 왕따인지도 모른다는 의심이 들었다. 그는 따돌림을 받은 나머지 더 이상 코끼리의 언어가 필요하지도, 말하고 싶지도 않았을 것이다. 최근에는 코끼리가 다른 코끼리에게 절망해서일 거라는 생각이 들었다. 그래서 코끼리는 자기의 세계를 벗어나 다른 존재가 되어야 한다는 강박증에 사로잡혀 죽을 듯이 코를 흔들고 뒤틀어 대는 건 아닐까.

"그건 코끼리만 알 수 있겠지. 코끼리는 우리 인간보다 낮은 주파수로 말을 해서 우리가 알아듣지 못한다고 해. 이 코끼리를 이해하기 위해서는 인간의 영역을 벗어나야 할 거야."

윤서가 힘없이 말했다.

벌써 열시 삼십분이다.

윤서가 핸드폰의 시계를 흘깃 보았다.

윤서는 어렸을 때, '무서워'를 처음으로 외치던 때로 달려간다.

그때 그 공포가 무엇이었는지 이 작은 방에 앉아있으려니 조금 알 것 같다.

"여기 봐."

윤서가 현호에게 왼팔을 쑥 내민다. 굵은 줄과 조금 더 가는 줄이 선명하게 손목에 도드라져 보인다.

"두 번 다 칼로 그었어. 바보 같지만 끝까지 가지 못했어. 피가 장난이 아니었어. 겁이 덜컥 나더라."

두 번 다 윤서는 두꺼운 목욕 수건으로 상처를 동여매고 부들부들 떨며 화장실에 앉아있었다. 한 번은 미국에서였고 한 번은 기숙학원에서였다.

"중학교 이학년 때 미국으로 유학을 갔었어. 중간고사에 국어시험을 76점 받아오니까 엄마가 짐을 싸라고 했어."

변호사이고 검사인 엄마, 아빠는 윤서의 점수를 받아들이기 힘들었을 것이다. 그건 이해할 수 있다. 문제는 윤서가 미국에 가고 싶어 하지 않았는데도 보냈다는 데 있다. 윤서는 낯선 곳에서 살아갈 용기가 나지 않았다. 캄캄한 어둠 속에 갇힌 것 같은 공포감에 미국으로 떠날 즈음에는 매일 울었다. 그런데도 엄마는 비행기에 윤서를 태웠다.

'네가 미국을 몰라서 그래. 거기 간 애들은 절대 돌아오지 않으려 한다더라.'

금방 좋아질 것이라 했던 미국은 지옥이었다. 홈스테이 아주머니는 잔소리도 많고 냉혹했다. 그 아주머니는 소화를 못해 우유를 먹지 못했다. 윤서가 성장기 아이임에도 자기가 먹지 못하는 우유는 한 번도 사온 적이 없었다. 혼자 사는 사십대 지방 공무원이었는데 돈이 궁한 사람이었다. 윤서는 아주머니를 마주치기 싫어서 되도록 방 밖을 벗어나지 않았다.

학교에서 완을 만났을 때, 윤서는 무지개를 본 것처럼 기뻤다. 그는 건방지다 싶을 만큼 유쾌한 아이였다. 나이는 윤서보다 한 살 많았는데 학년은 같았다. 윤서는 그동안 쌓였던 많은 말들을 쏟아내기 시작했다. 그는 늘 윤서의 교실 밖에서 기다려주었고 윤서는 더 이상 외롭지 않아 행복했다.

"미국에서 무슨 일이 있었던 거니?"

"……."

떠올리기도 끔찍하다.

윤서는 육상부 동아리에 들었는데 단거리 달리기를 했었다. 최대한 속도를 내며 달리는 기분이 좋았다. 그날도 힘껏 뛰어 땀에 절어 있었다. 락카로 가려는데 뜻밖에 복도에서 완을 만났다. 윤서는 땀으로 엉망인 게 마음에 걸려 조금 떨어져 섰다.

'우리 집에 가지 않을래?'

완이 물끄러미 윤서를 바라보며 말했다. 어린아이 같은 맑은 눈빛이었다. 윤서는 완의 그 눈빛이 마음에 들었다.

완은 대학을 다니는 누나와 함께 학교 근처 아파트에서 살고 있었다. 그래서 완은 걸어서 학교에 다녔다.

'네게 보여줄 게 있어.'

말한 대로 완은 확실한 것을 보여 주었다. 완은 침대도 아닌 카펫 바닥에 윤서를 쓰러뜨리고 옷을 벗겼다. 그는 짐승으로 돌변했다. 윤서가 그의 얼굴을 할퀴자 윤서의 따귀를 무섭게 마구 때렸다. 죽일 것 같은 기세였다. 믿기지 않는 일이었다. 윤서는 자신이 산산이 부서져 버린 것 같았다.

다음날, 완은 윤서의 책가방을 윤서의 사물함 앞에다 가져다 두었다. 수업이 끝나자 완이 여느 때처럼 교실 밖에 서 있었다. 윤서는 치를 떨며 몸을 돌렸다. 윤서는 계속 완을 피해 다녔다. 얼마 후엔 아이들이 윤서를 힐끔힐끔 쳐다보곤 했다.

어느 날 학교 급식실에서 베트남 여자 애가 다가와 완을 가리키며 물었다.

'너와 완에 대한 이상한 소문이 돌던데 사실이니?'

내게 물어볼 필요가 전혀 없는 일이다고 정색을 하자 여자 애가 말했다.

'네가 더 이상 완에게 관심이 없는 것 같아 반갑다.'

그 뒤로 완은 베트남 여자 애와 붙어 다녔다.

몇몇 한국 아이들은 윤서가 채였다며 동정했고 몇몇 아이들은 윤서를 조롱했다. 어느 주말 파티장에서 혓바닥에까지 피어싱을 한 남자 애가 윤서를 노골적으로 만져대며 수작을 부렸다. 윤서는 창녀가 된 기분이었다. 수치심에 온몸이 부들부들 떨렸다.

'지옥에나 떨어져라. 이 변태 새끼야!'

윤서는 음료수 잔을 혓바닥 피어싱한테 집어던졌다. 혓타닥 피어싱의 관자놀이에 유리잔이 날아가 피가 주르륵 흘러내렸다. 순식간에 당한 혓바닥 피어싱이 윤서에게 달려들어 목을 움켜쥐었다. 파티장은 아수라장이 되었다.

다시는 그 아이들을 보고 싶지 않았다. 어디 피해 갈 데도 없었다. 아무도 윤서를 걱정하지 않았다. 윤서는 그날 밤 손목을 그었다. 이틀 후 엄마가 미국으로 와서 윤서는 귀국할 수 있었다.

"왜 학교는 안 다니는 거니?"

갑자기 생각난 듯이 현호가 물었다.

"그러는 넌 왜 학교에 다니는데?"

"집보다는 나으니까. 난 학교와 이 방이 피난처야."

지하방은 이 연립 301호에 딸려 있는 방이다. 연립301호는 재건축을 염두에 두고 엄마가 사 두었던 것인데, 엄마가 아빠와 이혼한 뒤 엄마와 현호의 거주지가 되어버렸다. 작은 방이 두 개인 초라한 십오 평 연립이었다. 엄마는 아빠한테 십 칠년을 맞고 산 대가로 이 집을 받았다.

"우리 엄마는 이혼했어."

"돌아가셨다고 했잖아. 아까."

"이혼하고, 돌아가셨어."

"그럼 아이스크림하고 관련이 있는 거니?"

윤서는 안됐다는 말 한마디 없다.

그렇긴 했다. 아빠는 어느 날부턴가 집에 들어오지 않았고 더 이상 집에서 아이스크림을 찾는 일이 없게 되었다. 그러니 엄마는 아빠에게 맞을 일도 없었다. 아빠가 바람이 난 것이다.

아빠의 부재를 엄마는 행복해 했다. 아빠가 이혼 서류를 들고 오랜만에 나타나자 엄마는 더 행복해 했다. 엄마는 나중에 이 일을 두고 '털끝만치도 섭섭하지 않고 이게 꿈인지 생시인지 몰라 허벅지를 꼬집어보고 싶었다.' 고 말했다.

아빠는 현호와 엄마가 살던 집에 새살림을 차렸다. 현호도 엄마가 키우도록 호의를 베풀었다.

현호와 엄마에게는 해방되어 찾아온 이 집이 궁궐 같았다.

엄마는 방 하나를 터서 거실로 만들고 하나 남은 방에 현호의 책상과 작은 옷장을 들였다. 짐을 많이 줄였지만 버리지 못하는 몇 가지는 지하실에 있는 작은방에 내려두었다. 이 연립은 세대마다 딸려 있는 작은 방이 하나씩 지하실에 있었다.

엄마는 어느 날, 창가에 둔 작은 화분에서 피어나는 꽃을 보고 감탄했다.

'현호야, 엄만 꽃이 이렇게 예쁜 걸 왜 몰랐을까.'

현호는 멍든 얼굴로 누워 있는 엄마를 다시 보지 않게 되어 기뻤다.

엄마는 엄마의 자리를 차지한 젊은 여자에게 감사했다. 벗어나지 못할 지옥에서 탈출한 것은 순전히 젊은 여자 덕분이었다. 젊은 여자의 새롭게 시작될 불행에 대해서도 진심으로 동정했다.

대신 엄마는 태반 성분이 든 화장품을 매일 거르지 않고 팔러 다녔다.

'내가 보기보다 호감형인가 봐. 굼벵이도 구르는 재주는 있는가 보다.'

엄마는 생기가 넘치다 못해 씩씩하기까지 했다.

시간이 조금 지나자 걷기에 좋은 굽 낮은 구두는 엄마를 지치게 했다. 엄마는 가끔씩 출근도 하지 않았다. 그럴 땐 거실 한 귀퉁이에 담요를 반으로 접어 깔고 웅크리고 누워 있곤 했다. 엄마에게는 방이 없었다.

'미안해. 계란 프라이라도 해줄까?'

냉장고를 뒤적이는 현호에게 엄마는 조그만 소리로 묻기도 했다.

엄마는 길게 누워있지 않았다. 엄마는 가난을 잘 견뎌냈고 더 이상 자신이 불행하다고 생각하지 않았다. 아빠와 함께했던 불행한 기억들이 엄마에지 오히려 살 힘을 불어넣어주곤 했다. 엄마는 현호와의 삶을 즐겼다.

"어떻게 돌아가셨는데?"

윤서가 죽기에는 너무 바쁘고 건강한 자기 엄마를 떠올리며 묻는다.

"교통사고였어. 평범한 교통사고."

결론적으로 엄마는 불행한 사람이었다. 아빠한테 해방된 지 일 년이 못 돼 죽었으니까. 운전을 했던 엄마는 그 자리에서 죽고 현호만 반년이 넘게 병원에서 치료를 했다.

현호가 병원에서 나왔을 때 엄마의 연립은 사라지고 없었다. 현호는 다시 아빠 집의 방 한 칸에서 살아야 했다. 투자가치 때문에 엄마의 연립은 팔지 않고 세를 주었다고 했다. 그 덕분에 301호 지하방은 살아남았다. 아빠는 지하방의 존재를 알지 못했다. 전화로만 거래하는 편리함이 남긴 실수였을 것이다.

그렇게 된 거다. 현호가 지하방에 숨어들어가 편히 쉴 수 있게 된 게.

"아직 네가 죽으려 하는 이유를 말하지 않았어."

윤서가 조용히 묻는다.

현호를 미치게 하는 것은 여전히 아빠였다. 전과는 다른 방식이었다.

아빠가 젊은 여자를 만난 것은 술집이었다. 술을 마시고 집에 돌아오지 않고 술집 테이블에 쓰러져 자는 날이 많아졌다. 아빠가 아직 엄마의 남편이었을 때 그랬다. 그런 기적을 만든 것은 젊은 여자였다.

젊은 여자는 현호에게 무척 친절했다. 그녀는 누구에게나 친절했지만 특히 현호에게 정성을 다했다. 아빠는 술을 거의 집에서 먹었고, 문을 안으로 잠근다거나 비명소리 같은 것은 들을 수 없었다.

물론 아빠는 냉장고 문을 직접 열고 아이스크림을 찾아 먹었다.

언젠가 젊은 여자가 텔레비전을 보다가 중얼거렸다.

'난 저거 꼭 해 보고 싶었어.'

젊은 여자는 주부가요제에 나갔고 당당히 월 장원이 되었다. 아빠가 객석에 앉아 응원을 보내는 장면이 남편 이두석이라는 자막을 달고 전국에 방송되었다.

뭔가 잘못되고 있는 것 같았다.

잔인함을 버린 아빠는 아빠가 아닌 것 같았다. 아빠는 번쩍번쩍 빛을 내는 가짜처럼 보였다. 현호는 어디로 사라져 버린 것인지 알 수 없는 아빠의 잔인성을 목숨을 걸어서라도 찾아오고 싶었다.

텔레비전을 본 날 현호는 가슴이 찢어질 것 같았다. 현호는 밤늦게까지 불행했던 엄마를 생각했다. 엄마를 위로하고 싶었다.

엄마도 나처럼 젊은 여자만 보면 웃음이 번지는 아빠의 면상을 후려갈기고 싶을까? 현호는 머리를 용광로에 처박은 것처럼 들끓는 분노에 머리가 아팠다. 매일 진통제를 영양제처럼 먹었다. 유령처럼 떠돌았다.

마누라를 때리는 죄의식에서 벗어나고 싶어 현호에게 각별했다고 믿었던 아빠의 사랑은 어찌된 일인지 여전했다. 아빠는 엄마와 이혼했을 때도 현호의 의견을 따라 엄마와 함께 살게 해주었다. 그때는 아빠가 젊은 여자와 살기 위해 현호를 엄마에게 보냈다고 생각했다. 그러나 같이 살게 되면서도 아빠는 현호에게 변함없이 굴었다. 여전히 밤이면 책상에 켜진 스탠드를 끈다거나 키가 몇 센티미터가 되었는지 물어왔다. 늦잠을 자서 학교에 늦는 일이 없도록 아침이면 방문을 세차게 두드리는 것도 아빠였다. 아빠가 진심으로 현호를 사랑하고 있다는 생각이 점점 강해졌다. 그러자 새엄마 주변을 도는 아빠가 더 미워졌다.

그토록 혐오하던 아빠의 잔인성이 자신 안으로 옮겨왔음을 느낀 건 어느 날 태권도 도복의 띠를 책가방에 넣고 있을 때였다. 현호에게 검정색 띠는 이제 체육 시간에 쓰는 물건으로 보이지 않았다. 그 긴 띠로 누군가의 목을 조르고 싶었다.

날이 갈수록 현호는 아빠를 죽이고 싶은 강한 충동에 빠졌다. 밤마다 알 수 없는 사람을 죽이고 도망하고 발버둥치는 꿈을 꾸었다. 진통제가 듣지 않았다. 현호는 극심한 두통에 시달렸다. 뇌종양일지 몰라 MRI 검사를 했다. 기계가 판단하기로는 그의 머리는 말짱했다.

아빠를 죽일 수는 없었다. 그건 생각할 수도, 절대로 용서받지도 못할 일이었다. 현호는 아빠를 볼 때마다 죄책감이 들었다. 동시에 이렇게 만든 아빠가 미웠다.

"넌 누군가를 질투해본 적이 있니? 그래서 그 사람을 파괴하고 싶은 적이?"

현호가 증오에 찬 음성으로 냉랭하게 묻는다.

"난 누군가를 파괴하는 일에는 관심이 없어. 그러기에는 내가 너무 부족하다는 걸 알아."

윤서가 다시 손목의 흉터를 만졌다.

거의 열한 시가 되었다.

윤서의 두려움도 조금씩 진정되었다.

생의 마지막 시간이라 여겨지는 지금, 누구에게도 내보이지 않았던 속마음을 털어놓으니 후련하기도 했다.

대신 현호의 존재가 커다랗게 윤서에게 떠올랐다. 잘 알지 못하는 남자 아이와 이렇게나 가까이에 있다니! 어쩌다 여기까지 와 버렸을까. 현호의 절박함 때문이었을까? 그럴지도 모른다. 윤서보다 더 절박해 보였으니까. 윤서는 동맥 위에 길게 그어진 팔목의 상처를 쓰다듬었다.

현호를 처음 봤을 때, 윤서는 그 눈빛이 마음에 들었다. 현호는 냉정하고 무서운 눈빛을 하고 있었다. 맞다. 윤서는 그런 눈빛만이 자신을 지옥에서 구해줄 수 있을 거라 생각했다.

그런데 윤서는 계단을 내려오면서부터 시작된 심장의 두근거림이 계속 신경 쓰인다. 그 심장의 박동이 조금씩 빨라지고 있다. 마음에 들지 않는다. 이러다 여기까지 따라온 이유가 다 소용없어지는 유치하고 황당한 일이 벌어질 지도 모른다. 상황이 불편해졌다. 말도 안 돼. 얘랑 가까워질 수는 없는 일이었다.

"그냥 나가자."

현호가 윤서에게 조그만 소리로 말했다.

"…… 벌써 생각이 바뀐 거야?"

윤서의 힘없는 목소리 때문에 말꼬리가 분명하지 않았다. 현호는 윤서의 지친 쉰 목소리에 이상한 호소력이 느껴졌다.

"아니. 난 포기하지 않아. 네가 걱정이 좀 돼서."

"내가 왜?"

윤서의 목소리에 힘이 좀 살아났다.

"넌 말하는 코끼리를 이해하는 쪽이 훨씬 나을 거 같아서."

"코끼리는 누구도 이해를 못한다니까. 그건 코끼리가 되어야만 해."

윤서가 약간 신경질적으로 말했다. 내가 괜한 얘기를 했구나 하는 어조였다.

"무슨 말인지 알겠어."

현호가 고개를 끄덕였다.

"아무튼 넌 좀 시간이…… 필요할 것 같아."

"그런 너는?"

윤서가 되물었다.

"나?"

현호는 제초제가 있는 박스를 바라봤다. 어둠 속에서도 박스는 선명하게 현호의 시야에 들어왔다.

"넌 아직도 얘기를 마무리 짓지 않았어."

윤서가 다시 재촉했다.

현호는 아빠가 사랑하는 것을 죽이기로 마음먹었다. 아빠를 죽일 수 없으니 아빠를 고통 받게 하는 방법은 그것밖에 없었다.

"나는 진심으로 아빠를 벌주고 싶어. 엄마와 나에게 준 고통을 되돌려 주고 싶어. 이건 복수야. 내 방식의 복수. 내가 죽을 수밖에 없는 이유지."

"그렇구나."

윤서가 한숨을 쉬었다.

"근데 니 엄마한테는 허락받은 거야?"

잠시 후 윤서가 물었다.

"엄만 꿈에도 잘 안 나타나. 보고 싶지도 않은 거야. 내가."

현호가 어린아이처럼 천천히 말했다.

"혹시 니 엄마는 이 세상 일에 관심이 없는 건 아닐까? 더 이상 분하지도 더 이상 고통스럽지도 않아서."

"엄마가 어떻게 살았는지 네가 봤다면 그런 말은 못할 거야."

현호가 윤서의 말을 단호하게 부정하였다.

"놀이터에서 자살할 생각은 어떻게 한 거니?"

"거긴 우리 아파트 동 뒤편 놀이터야. 난 마지막 순간까지 아빠의 집을 보며 죽기로 작정했어. 내 죽음이 아빠에게 훨씬 잔인해야 하니까. 네가 거기서 난리를 치지 않았다면 난 이렇게 귀찮지 않을 텐데."

"그건 나도 마찬가진데. 기숙학원에서 내가 성공했다면 이따위 시시껄렁한 얘기로 시간을 보내고 있지는 않을 거야."

엄마는 윤서를 경기도 어느 시골에 있는 기숙학원에 보냈다. 학교를 완강히 거부하는 윤서를 집에 그냥 두면 폐인이 된다는 이유였다. 그곳은 여학생 전용 재수 학원이었다. 아침 여섯 시에 기상해서 기도를 하는 것으로 하루 일과가 시작되었다. 학원 원장은 어느 교회의 전도사였으므로 매일 삼십 분씩 지루한 설교를 포함해서 기도를 강행했다. 윤서는 아침을 먹고 난 일곱 시부터 밤 열두 시 취침시간까지 하루 종일 시간표에 맞춰 공부만 해야 했다. 거의 자습 수준의 공부였다. 설교 때마다 원장은 자율학습의 중요성을 강조했다.

윤서는 재수생 언니들에 섞여서 미국에서 배웠던 라틴어와 별반 다를 바 없는 이해할 수 없는 공부를 해야 했다. 엄마는 검정고시와 대입공부를 해서 바로 대학에 가는 것도 괜찮은 방법이라고 윤서를 설득했다.

학원생들은 모두 시간에 맞춰 로봇처럼 지냈다. 불평하는 사람도 없었다. 오직 수능시험이라는 고지를 향해 달려가는 전사들, 죽어라 공부만 하는 반응불능 사이코들뿐이었다. 그곳은 정신병원이었다. 윤서는 나이가 어린데다 붙임성도 없어 아무도 상대해주지 않았다. 모두들 쟤는 여기 왜 왔나 하는 눈으로 보았다. 윤서는 호의적이지 못한 그들의 시선을 알아보았다. 미국에서 이미 경험한 것이었다.

생활은 단조롭고 지루하기 짝이 없었다. 윤서는 엄마에게 문자를 보냈다.

'여기서 나를 꺼내 줘. 숨이 막혀.'

'견뎌. 견뎌 봐. 넌 어디를 가나 그러니?'

윤서는 손목을 긋고 미국에서 나와 두 달 동안 정신치료를 다녔다. 병원에서 온갖 심리 검사를 다 했다. 심리치료도 열두 번이나 했다. 병원에서는 윤서가 충동적이고 중독성이 강한데다 규범적이지 못하니까 대안학교에 다녀야 한다고 권유했다. '규범적이지 못하다니, 법조문을 외우며 태교한 애야. 말이 돼?'

엄마는 엉뚱하게도 아빠에게 화풀이를 하였다.

윤서는 아무데도 가는 것을 원하지 않았고 동굴에 들어간 것처럼 방에서 나오지 않았다. 엄마는 그런 윤서를 봐주지 않았다. 기숙학원에 집어넣고 윤서가 무슨 말을 해도 엄마는 엄살로 받아들였다.

'미국에서 일은 미친개에 물린 셈 치고 다 잊자. 네가 더 강해져야 한다.'

엄마는 윤서가 당한 일을 뛰어가다 넘어져 무릎에 생긴 상처쯤으로 단순화 시켰다.

기숙학원은 열두 시에는 정확히 불을 껐고, 윤서는 어둠 속에 갇혀 희부옇게 동이 틀 때까지 끙끙거려야 했다.

잠이 들지 않는 상태에서 온갖 환상과 환청이 몰려들었다. 밤마다 악마들이 바퀴벌레처럼 어둠 속에서 기어 나와 윤서의 주위를 돌았다. 악마들은 알아들을 수 없는 이상한 억양의 말로 낄낄거리고 윤서를 조롱했다. 영어 같기도 하고 우리말을 빨리 하는 것 같기도 했다. 어쩔 때는 윤서의 몸 위로 풀쩍 뛰어올라 목을 조르거나 몸을 더듬었다. 그럴 때면 윤서는 너무 무서워 소리도 지르지 못하고 바르작거렸다. 귓가에 악마들의 소리로 가득차고 온몸은 누군가 계속 만지는 것 같아 소름이 돋았다. 창문이 훤해지는 새벽이 될 때까지 그랬다. 어둠이 가시면 윤서는 파김치가 된 듯 축 쳐져 잠이 들었고 여섯시가 되면 일어나야 했다.

서서히 낮에도 악마들이 눈에 보이고 그들의 언어가 들리기 시작했다.

'바스락바스락 낄낄낄 바스락바스락 낄낄낄'

'죽여 버릴 거야. 꺼져!'

'바스락바스락 낄낄낄 바스락바스락 낄낄낄'

'닥쳐! 제발 꺼지라고.'

윤서는 화장실에서 손목을 그었다. 제발 내게서 떠나가 줘. 윤서가 남긴 유서는 한 문장이었다.

"아직도 그런 환영이 보이고 환청이 들리는 거니?"

현호가 물었다.

"정신병원에 한동안 있었어. 집으로 돌아온 건 불과 몇 달밖에 안 돼. 근데 이젠 자꾸 다른 게 나를 괴롭혀."

"그게 뭔데?"

열한 시 삼십 분을 넘어서 예약 시간까지

"벌써 시간이 이렇게 된 거야?"

윤서가 현호에 물음에는 대답도 없이 핸드폰 화면의 시계를 확인하며 부르짖듯이 말한다.

"그래 맞아."

둘은 서로 마주본다.

현호는 몸집이 작고 말라 인형처럼 보이는 윤서를 물끄러미 본다. 윤서의 아픔이 가슴으로 밀려든다. 가슴 한쪽이 아프다. 금방 바스라질 것 같은 아이.

현호가 윤서의 눈동자를 잡으려 애쓴다. 윤서의 눈동자가 흔들린다.

현호는 아까 자기의 팔을 매달리듯이 잡았던 윤서의 작은 손을 내려다본다. 윤서는 하얀색 핸드폰을 양손으로 움켜쥐고 있다. 현

호가 윤서의 오른손목을 잡는다. 아까 윤서가 보여주었던 도톰하
게 그어진 선을 자세히 본다. 현호는 손가락으로 손목의 선을 따라
긋는다. 윤서가 몸을 부르르 떤다. 현호는 불현듯 오랫동안 알아온
사람처럼 윤서가 느껴진다.

쿵쾅쿵쾅! 쿵쾅쿵쾅!

그때 억지로 눌러놓았던 윤서의 심장이 제멋대로 뛰며 마구 비명
을 지른다. 윤서는 자신의 미칠 듯이 뛰는 심장소리에 얼어버린다.
얼굴로 피가 한꺼번에 쏟아진다.

'이게 무슨 일이니?

윤서는 현호의 손가락이 훑고 간 감촉에 몸을 떨고 있는 자신이
당황스럽다. 윤서는 벽 쪽으로 자세를 고쳐 앉았다. 덕분에 현호의
다리와 조금 멀어졌다. 윤서는 정신을 차리려는 듯 고개를 뒤로 젖
혔다. 순간 벽에 뒤통수가 땅하고 부딪혔다. 소리가 꽤 컸나보다.

현호가 놀라 다시 윤서 곁으로 바짝 앉았다. 윤서는 머리에 아무
통증을 느끼지 못했다.

현호가 윤서의 머리에 손을 댔다. 현호는 아무 말 없이 윤서의 머
리를 어루만졌다. 현호의 숨결이 윤서의 귓불을 파고들었다. 윤서
는 얼어붙어 버린다. 고개조차 까딱할 수 없다. 숨을 쉬기 어렵다.
불규칙적으로 뛰는 심장소리가 너무 커서 현호가 들을 것 같다. 현
호의 팔과 엉덩이와 다리가 닿는 부분이 불에 닿은 것 같다. 심장
소리가 미친 것처럼 쿵쾅거린다.

'아! 안 돼!'

윤서는 더 이상 숨을 쉬지 못하고 쓰러질 것 같다.

"넌 보기보다 센가보다. 부딪치는 소리가 돌이다. 돌."

현호가 윤서의 머리에 손을 떼고 계면쩍은 웃음을 지으며 윤서 곁에 다시 앉는다. 윤서는 한꺼번에 터져버리려는 숨을 끅 잡고 있느라 현호의 농담에 대답할 여력이 없다.

"넌 네 머리가 돌머리라고 하는데도 가만히 있는 거야?"

현호가 덧붙인다.

윤서는 대답하지 못한다. 현호도 이제 말을 하지 못한다. 둘은 가만히 앞만 바라보고 있다. 창 귀퉁이에 있는 박스에 현호의 시선이 머문다.

현호가 한숨을 쉰다. 다시 침묵.

윤서의 심장이 서서히 규칙적으로 돌아가고, 윤서는 정신을 차린다.

"이건 좀 웃긴 얘긴데, 나를 괴롭히는 것은 공이야. 배구공."

윤서가 현호를 슬쩍 본다. 현호의 표정이 침울하다. 그를 웃게 해주고 싶다고 윤서는 생각한다.

"난 초등학교 때 배구를 했어. 배구교실에서."

"국가대표 출신인가 뭔가 하는 사람이 하는 배구교실 말이야?"

"그래."

"내가 제일 못한 것은 서비스였어. 길게 네트를 넘기는 서비스는 힘이 약한 내게는 정말 너무너무 어려웠어."

"배구공이 너를 어떻게 괴롭히는데?"

"잠만 자면 꿈에서 내가 서비스를 하는 거야. 밤새 내내 공은 네트에 걸려. 나는 끔찍하게도 계속 서비스를 한다니까."

"그럼 이번에는 공 때문에 죽을 셈이구나."

"놀리지 마. 엄마는 기어이 검정고시를 보라는 거야. 견딜 수 없어. 난 엄마와 싸우고 싶지 않아. 난 익숙하지 않는 곳에 가고 싶지 않고 공부도 하고 싶지 않아. 어떻게 해도 엄마를 만족시킬 수는 없을 테니까. 엄마는 왜 모를까. 날 숨 좀 쉬게 해줬으면 좋겠어."

"그래. 그러면 좋을 걸. 나라면 그렇게 해줄 텐데."

현호가 한숨을 쉰 후 윤서 쪽으로 고개를 돌려 말했다. 따뜻한 그의 마음이 전해져 윤서는 울컥해진다.

다시 둘은 침묵에 빠진다.

둘은 어느덧 자기보다는 상대의 처지를 찬찬히 생각해보고 있다. 퍼즐을 맞추듯이.

현호는 윤서를 열두 시가 되기 전에 돌려보내야 한다는 생각이 든다.

윤서는 현호를 혼자 두어서는 안 된다는 생각을 한다.

"안되겠다. 나가자."

갑자기 현호가 소리쳤다.

"왜?"

윤서가 놀라 말했다. 현호가 자기를 돌려보내려 한다는 생각을 하자 울음이 터져 나오려 한다.

'얜 나한테 실망한 거야. 내가 겁쟁이라고. 내가 준비가 되지 않았다는 거 나도 느껴. 매번 그래왔었지. 간신히 확실한 끈을 잡았는데 또 망치고 있는 거야. 난 형편없어.'

그런 생각이 들자 눈물이 흐르기 시작했다. 윤서는 조용히 울기 시작했다.

우는 윤서를 보자 현호의 가슴이 무언가로 찔린 듯이 아파왔다.

"울지 마. 울지 마. 조금 더 생각해 보는 게 좋아."

현호가 윤서의 손을 잡았다. 뜨거웠다.

윤서의 숨이 흑하고 멈췄다. 윤서는 정신이 아득해졌다.

현호가 부들부들 떠는 윤서를 꼭 껴안았다. 가엾은 새 같았다.

자기도 모르게 윤서가 현호의 어깨 위로 팔을 올려 힘껏 목을 끌어안았다. 윤서의 젖은 볼이 현호의 목에 차갑게 닿았다. 현호가 흠칫 떨었다.

현호의 팔에 힘이 풀렸다.

"난 네가 처음부터 무서웠어."

윤서도 팔을 풀며 속삭였다.

현호가 윤서의 볼을 맨손으로 닦아주었다.

"정말 무서운 것을 못 봤구나."

"놀이터에서 네 눈빛이 너무 무서워서 널 따라온 거야."

윤서는 고개를 떨어뜨렸다.

"네가 그때 나타나지 않았다면 정말 죽었을 거야. 죽는 게 하나도 두렵지 않았으니까."

"내가 정신없이 소리를 지르니까 네가 나한테 왔지. 그리고 뭐라고 한 줄 알아?"

"난 기억에 없어."

"무서웠어. 닥치지 않으면 이걸로 죽여 버릴 거야라고 했어."

현호는 빨랫줄을 윤서의 눈앞에 갖다 대고 미친 듯이 소리를 질렀었다.

"살인할 뻔했구나."

"그래. 맞아. 넌 제정신이 아니었으니까."

윤서는 날카롭게 쏘아주고 어깨를 조금 떨었다.

"춥니? 여기 전기장판이 있어."

현호가 기어서 콘센트에 전기장판의 플러그를 꽂았다. 구월 중순을 넘어서 낮으로는 한여름 같지만 밤에는 쌀랑했다.

"어두워도 괜찮지?"

현호는 부스럭거리며 무언가를 찾았다.

현호가 윤서 곁에 돌아왔다.

"커피야."

현호가 캔 커피를 따서 윤서에게 주었다. 윤서는 얼른 받지 못한 채 한숨을 내쉬었다.

“커피 싫어해?”

현호가 물었다. 현호의 눈이 바로 윤서 눈앞에 있었다.

현호의 눈빛은 윤서를 충동질하여 이곳까지 따라오게 만들었던 그 눈빛이 아니었다.

‘원래 쟤의 눈빛이 이렇구나.’

윤서는 캔을 받았다. 차가운 알루미늄 캔의 감촉이 손가락에 닿았다. 이렇게 끝까지 차가워야 하고 끝까지 절박해야 하는데.

윤서는 커피를 조금씩 마셨다.

커피를 마시는 윤서를 물끄러미 바라보던 현호가 주머니에서 핸드폰을 꺼내 버튼을 몇 번 눌렀다. 곧 영상과 함께 음악이 흘러나왔다. 그룹 퀸이다. 프레디 머큐리가 피아노를 치며 보헤미안 랩소디를 부른다.

“알아?”

현호가 물었다.

윤서는 고개를 끄덕였다.

현호와 윤서는 머리를 맞대고 화면을 응시했다.

프레디 머큐리 영상이 끝나자, 현호는 다시 다른 노래를 클릭했다. 보헤미안 랩소디 노래 가사를 삽화로 옮겨 그린 영상에 퀸의 같은 노래가 흘러나왔다.

“너도 이 삽화를 좋아하는구나.”

윤서가 놀라움에 가득 찬 목소리로 현호를 바라보았다.

"사실 퀸은 잘 몰라. 단지 보헤미안 랩소디를 좋아할 뿐이야. 가사 아니?"

"그럼. 드라마틱하잖아."

윤서는 조용히 말했다.

둘은 말없이 동영상을 보았다. 곧 동영상이 끝났다. 음악은 충분히 슬프고도 비장했다. 죽어가는 모든 것은 그렇다.

'우리에게 딱 어울리는 음악이구나.'

윤서는 그 말을 삼켜버렸다.

현호는 윤서의 손에서 커피 캔을 뺏어갔다.

윤서의 손가락이 현호의 손가락에 닿았다. 손이 차가왔다. 현호의 가슴이 조여 왔다.

현호는 커피를 몇 모금 거푸 마셨다.

현호가 커피 마시는 것을 윤서는 물끄러미 보았다. 그가 천천히 목으로 흘려 넣는 커피. 그 커피를 한참동안이나 생각했다. 윤서는 커피에게 현호를 지나치는 게 어떤 기분인지 묻고 싶어졌다. 여태 아무에게도 묻고 싶은 게 없던 윤서였다. 윤서는 문득 커피처럼 현호 안으로 흘러들어가고 싶다는 생각이 들었다. 그는 분명 차갑지만 또 따뜻할 것이다.

갑자기 윤서는 충동적인 기분에 사로잡혔다. 윤서는 현호의 어깨에 머리를 떨어뜨려 기댔다. 현호의 어깨가 딱딱하게 굳었다.

'반칙 같지만 해서는 안 되는 법도 없잖아.'

윤서는 현호의 숨결에서 커피 냄새를 맡았다. 윤서는 눈을 감았다.

'이 느낌을 잃을 시간도 얼마 남지 않았어. 그때까지라도 이러고 있자. 그래 그냥 이렇게.'

윤서의 엉덩이 길으로 전기장판의 따뜻한 기운이 느껴졌다. 현호가 점퍼를 벗어 윤서의 올려 세운 무릎에 덮어주었다. 윤서가 눈을 떴다.

"시리지 않아. 겨울도 아닌데. 이제 막 여름이 지났잖아."

윤서는 맨발의 발가락을 꼼지락거리며 말했다. 현호가 윤서의 발가락을 내려다보았다.

"정말 작다."

윤서는 오른발을 왼발 위에 얹었다.

'발은, 정말 부끄럽잖아.'

윤서는 생각했다.

현호가 전기장판 위로 손가락을 쫙 펴서 윤서의 발바닥을 재보았다. 윤서는 현호의 손이 여자 손처럼 길쭉하고 예쁘다는 생각을 했다. 현호의 손은 부드럽지 위로해줄 수 있을 것 같은 손이라는 느낌을 불러일으켰다.

"한 뼘도 안 되네."

"네 손이 큰 거지."

윤서도 따라 현호의 손 옆에 자기 손바닥을 쫙 펴서 대 보았다. 윤서의 손가락 끝은 현호의 손가락 둘째 마디쯤에 닿는다.

‘이렇게 작고 귀여운 손톱도 있구나. 애기손이잖아.’

현호는 자기도 모르게 빙그레 웃는다.

“손도 작아.”

“네 손이 큰 거라니까.”

둘은 눈을 마주 보고 웃었다.

‘이러면 위험해.’

윤서는 자기 자신에게 경고했다.

‘동그란 눈이 귀여워.’

현호는 자신의 생각이 마음에 들지 않아 헛기침을 했다.

난데없이 현호의 핸드폰에서 음악이 흘러 나왔다. 현호가 주머니에서 핸드폰을 꺼냈다. 윤서가 어느새 핸드폰 위로 눈을 가져갔다.

화면에 ‘예약시간’ 이라는 메시지가 떠올라 있다. 시간을 알리는 00:00.

숫자가 선명하게 박혀있다. 현호는 핸드폰의 슬라이드를 내렸다.

둘은 아무 말도 하지 않았다. 서로의 얼굴도 바라보지 않았다. 둘은 미동도 하지 않았다. 그러다 둘은 서로가 서로의 숨소리를 듣고 있다는 생각에 다다랐다.

새 날은 오고 우리는

"여긴 너무 어두워 싫어."

윤서가 먼저 입을 뗐다.

"그래. 넌 어두운 걸 싫어하지."

현호가 고개를 끄덕였다.

"지금 나가면, 우린 어딜 갈 수 있을까?"

윤서가 물었다.

"……."

윤서는 현호의 침묵이 두렵다. 윤서는 현호의 얼굴을 마주본다. 현호의 마음을 읽고 싶다. 윤서의 눈이 불안하게 깜박인다. 현호는 윤서의 하얀 얼굴이 창백해졌으리라 짐작한다. 현호가 손을 내밀어 윤서의 손을 잡는다.

"걱정하고 있구나."

"그래."

"걱정하지 마. 난 괜찮아."

"괜찮지 않는 거 다 알아."

"그건 너도 그렇지."

둘은 마주보고 미소를 지었다.

"깜깜한 밤에 동물원에는 들어갈 수 있을까?"

윤서가 물었다.

"동물원은 왜?"

"지금 가고 싶어졌어. 말하는 코끼리를 보여줄게."

"아! 말하는 코끼리!"

"너도 코끼리가 왜 말을 하게 되었는지 궁금해질 거야."

윤서가 먼저 일어났다. 현호도 따라 일어났다. 윤서가 옆에 벗어 두었던 슬리퍼를 발에 꿰었다. 현호는 윤서의 가방을 챙겨주고 문을 열었다. 한밤중이라 그런지 낡은 문은 소리를 요란하게 내며 열렸다. 마치 무덤이 열리는 것 같았다.

지하실은 여전히 어두워 둘은 조심조심 걸어 나왔다.

현호는 윤서의 손을 꼭 잡아주었다. 윤서가 허둥대지 않도록. 윤서는 무엇보다도 어둠을 싫어하지 않는가.

연립 정문에 다다르자 현호와 윤서는 돌아서 곰팡이만 기세 좋게 피워 올리며 허물어져가는 거대한 죽음을 똑똑히 보았다.